戲年

the Years

葛亮

目錄

自序
此戲經年

許多年前，還在讀書，在江蘇昆劇院看過一齣《風箏誤》。當時看得並不很懂，只當是才子佳人戲。主題自然是陰差陽錯，古典版的《搭錯車》罷了。多年後再看，卻看出新的氣象來，演繹的其實是理想與現實的盟姻。書生與佳人，生活在癡情愛欲的海市蜃樓裡。周邊的小人物，卻有著清醒十足的生活洞見。〈題鷂〉一折，世故的是個小書僮，對寒門才子韓世勳的風月想像給予了善意的打擊，並提出了李代桃僵的社交建議。道理很簡單：「如今的人，只喜勢利不重孤寒，若查問了你的家世，家世貧寒，連詩的成色都要看低了的。」說白了，就是價值觀。在現代人看來，幾近戀愛常識。朱門柴扉，總不相當。才子卻是看不到的，聽後自然擊節。女方也有奶娘扮演實用主義者，與大小姐討價還價，「媒紅幾丈」、「後君子先小人」說得是理直氣壯。世態炎涼，實都是在生活的細節處。

書生們總是很傻很天眞。太美好的東西，是不可靠的。要想成事，還是得靠心明眼亮的身邊人。他們説出粗糙的眞理來，並不顯得突兀。這些眞理即使以喜劇的腔調表達，内質仍有些殘酷，殘酷得令觀者對目下的生活感到失望。然而，大團圓的結局卻教人安慰。因爲這圓滿是經歷了磨礪與考驗的。有人負責戲，有人負責現實。人生才由此而清晰妥帖，眞實有溫度。

電影《戲夢人生》裡頭，有句一唱三歎的話「人生的命運啊！」這是由衷的太息。李天祿一生以藝人之姿，在布袋戲舞臺上搬演他人的喜怒哀樂，可謂穩健嫻熟。到了自己，唯有心隨意動地遊走。京戲《三岔口》在影片開首的出現，除時局的映射，或許是貼切的人生隱喻。由日據至光復，畢生所致，一重又一重的迷夢與未知。主義或時代，大約都成爲了「人」背後茫茫然的簾幕。性與死亡，雖則亦時常出人意表，卻每每切膚可觸。電影三分之一是他的回憶。侯孝賢是懂得他的。這「懂得」用靜止與日常來表達。「片斷呈現全部」決定格調必然的平實散漫。侯導與剪輯師廖慶松説，「就像頂上有塊雲，飄過就過了。」一百五十分鐘，一百個長鏡，只有一個特寫。素樸到了似乎無節制的程度。《白蛇傳》、《三藏出世》是戲中的夢，在民間悠遠地作下去。生活另有骨頭在支撐。影片中重覆多次的吃飯場景，那是一種「人」的歷史。電影的原聲音樂，陳明章的〈人生亦宛然〉大概是最爲切題的，恬淡自持。也有大的激蕩磅礴，是嗩吶的聲音。說到底，還是回歸：行到水窮處，坐看雲起時。無關時代起落與變遷，直至影片結尾升起一縷炊煙。此去經年，往復不止。

人生如戲，戲若人生。這是根基龐大的悖論。將戲當成人生來演，「戲骨」所爲，是對現實的最大致敬。而將人生過成了戲，抽離不果，則被稱爲「戲瘋子」。《霸王別姬》裡的程蝶衣，是不瘋魔不成活的悲情教材。《蝴蝶君》宋麗伶，愛恨一如指尖風，卻清醒到了令人髮指。莊生曉夢，有人要醒，有人不要醒。沒有信心水來土掩，醒來可能更痛。

所以大多數人，抱著清醒游離戲噱的心來過生活，把激盪闊闊留給藝術。希望兩者間有分明的壁壘，然而終於還是理想。譬若文字，總帶著經驗的軌跡。它們多半關乎人事，或許大開大闔，或許只是一波微瀾。但總是留下烙印，或深或淺，忽明忽暗。提醒的，是你的蒙昧與成長，你曾經的得到與失去。

是的，有這麼一些人，不經意置身於舞臺之上，是樹欲靜而風未止。寫過一個民間藝人，他是與這時代落伍的人，謙恭自守，抱定了窮則獨善其身的心。然而仍然不免被拋入歷史的浪潮，粉墨登場。這登場未必體面，又因並非長袖善舞，是無天分的，結局自然慘澹至落魄。忽然又逢盛世，因爲某些信念，亦沒有與時俱進，又再次格格不入。在全民狂歡的跫音中，信念終致坍塌了，被時代所湮沒，席捲而去。

又有一些人，活在時間的褶痕裡，或因內心的強大，未改初衷。比較幸運的，可在臺下做了觀眾。看默劇的上演，心情或平和、或凜冽。而終於還是要散場，情緒起伏之後，總有些落寞。爲戲臺上的所演，或是爲自己。

歲月如斯。以影像雕刻時光，離析重構之後，要的仍是永恆或者凝固。而文字的記錄，是一種膠著，也算是對於記憶的某種信心。人生的過往與流徙，最終也會是一齣戲。導演是時日，演員是你。

此書的付梓，需要感恩的，仍是時間。沉澱落定後，希望清澈如期而至。還有我遠赴藏地的朋友，感謝你拍攝的唐卡并願與我分享。是的，作爲封面的構圖，它們如此切題，而且恰如其分的美。

辛卯年於香港

泥人尹

過年的時候，整理舊物。母親發現一團蒙了灰的東西，用棉紙層層包裹著。打開來，是一隻泥老虎。顏色斑駁，脊背上也已乾裂出一道曲折的紋路。唯獨面目還是勇猛凌厲的。

這是尹師傅的作品，說起來，眞已經有十幾年沒見過了。

認識尹師傅，這大約要從朝天宮說起。

我成長的城市，是中國的舊都。老舊的東西是不會缺乏的。既有十竹齋這樣的雅處，也有朝天宮如此平易近人的地方。小時候，因爲父親的引領，對這兩個地方有過身臨其境的比較。後者在我看來，簡直就是樂園。對於孤陋寡聞的城市孩子，朝天宮具有廟會一類的性質。那時候的朝天宮，遠沒有現在的博物館建築群這樣規整，有些凌亂。也是因亂，所以帶有了生氣。有一個很大的類似跳蚤市場的地方，所謂的古玩市集，其實是後來的事情了。當時的氣息很有些像北京的天橋。這市場裡，有賣古董的，眞假的都有；有做小買賣的，完全與藝術無涉；甚至還有敲鑼鼓耍猴賣藝的。當然，還有一種藝人，是有眞本領且腳踏實地的。他們往往有自己一擔家當，左邊放著原料，右邊擺著成品。這決定了他們的創作是即興表演式的。比如吹糖人的、剪紙的，都極受孩子們的歡迎。而尹師傅就是其中的一個。

如今記憶猶新，尹師傅在當時，是朝天宮的一道風景。凡到朝天宮，我是直奔他那裡而去的。尹師傅的形貌，算是很有特色，總戴著度數很高的眼鏡。眼鏡腿似乎斷過，纏著厚厚的膠布。藏青的中山裝也陳舊得很，領子已經磨毛了，上面有些油彩的斑點。只是神情的專注從未變過。

尹師傅是個泥塑藝人。

第一次買下了尹師傅的作品，是一隻「大阿福」。這也是尹師傅做得最多的一種娃娃。其實是一種兒童樣貌的神，很碩大。後來回憶起，大致相當於《神隱少女》裡巨嬰的形容。尹師傅做這類泥人兒，眞是得心應手。因爲他有個一分爲二的木頭模具，將泥填實，倒出來就是個胖大的兒童的雛型。尹師傅先給它刷上粉嫩的顏色，然後寥寥幾筆勾出眉眼，腮上潤上胭脂，濃墨重彩地塗上肚兜、長命鎖或者金元寶，就算是完工了。

這只「大阿福」是我對尹師傅感興趣的開始。泥塑並非南京的特產，這就使得他的本事在一眾藝人中顯得特立獨行。加上他又總是很寡言，即使在一群年幼的擁躉注目之下，也依然是很安靜地做手邊的事情。他有一本畫冊，上面整齊地畫著用自來水筆描繪的圖案，下面標著價格。這是他作品的樣本，你若看上了其中的一種，就指一指。他點點頭，就成交了一樁生意。由於他嚴肅的神情和沉默的態度，往往磨蝕了孩子們的好奇心，漸對他失去了興味。當然他也不爲所動，一如既往做他的事情。但是也有一些例外，我便是其中的一個。因爲我對不明就裡的東西，往往有一種執著。長輩們現在談起我三歲時候，在北京中山公園的樹蔭底下看一窩螞蟻搬家，居然看了整整一個下午的故事，都掩藏不住當時的擔心——覺得這孩子其實有些癡，在現在看來，簡直契合了某些自閉症的特性。而時間久了，尹師傅也終於認識了眼前的小朋友，並開始和我交談。話題開初都是很簡單和日常的，部分是出於一個成人對孩童的敷衍。尹師傅的南京話十分難懂，有很多拖音，也摻雜著一些出其不意的入聲。這是因爲他吳語口音的濃重。當我漸漸適應了他的口音，有一天，便一針見血地指出，他做的東西，有點兒老土。並拿了附近剪紙藝人的「森林大帝」作爲輔證，說明他不夠與時俱進。尹師傅扶了扶眼鏡，很認真地看了我一眼，依然沒有說話。但我不知道，我的話卻在將來造成了他手藝的改革。

尹師傅並不是南京人。老家是江蘇無錫。無錫附近靠常熟有個地方叫惠山，出產著一門手藝，就是泥人兒。後來知道，這特產本有個凡俗的淵源，是尋常人家農閒時候的娛樂。因爲它的全民性，有「家家善塑，戶戶會彩」的說法。這門手藝後來的商業化，導致了一些專業作坊的應運而生。其中最著名的是袁、朱、錢幾家。尹師傅的師承，就是這朱家。那時候年紀小，並不曉得尹師傅爲什麼要跑來南京討生活。捏泥人是尹師傅的事業，其實在他手中也分著層次。比方說「大阿福」。這種泥人雖然喜慶，但近乎批量生產，尹師傅說叫做「耍貨」，是爲討生計而做，不入流的。而作爲一個創作型的藝人，其實高下在於能不能做「細貨」。這「細貨」按傳統應取材於昆山一帶的戲曲。做這一類，人形雕琢完全來自於手工，姿態性情各不相同。尹師傅有一整套的工具，從小到大，排在一塊絨布裡。最小的一個，用來雕刻五官的，是一根白魚的骨刺。而對於戲曲的詮釋，是他攤上的招牌，紅衣皂靴的男人，瞠目而視。身邊青衫女人，則是期艾哀婉的樣子。我至今也並不知道是出於哪一齣戲文。

以後的某一天，我發現尹師傅終於開始因人制宜，作品中出現了孩子們喜聞樂見的人物。比如一休和尚、藍精靈等等，都是熱播卡通片裡的，做得唯妙唯肖。神情間的活潑，很難想像是出自嚴肅的尹師傅之手。

出於友誼與感謝，尹師傅曾經爲我專門做了一個鐵臂阿童木。這時候，我們家裡其實已經擺滿他的作品了。

當我捧著阿童木，正欣欣然的時候，爸爸出現了。爸爸聽完了一折《陽關》，正打算領我回家去。崑曲社和泥人攤，成了父子二人在朝天宮的固定節目。媽媽從來不加入我們，說人家都只爭朝夕，你們爺倆兒可好。一個遺老，一個遺少，都趕上了。

爸爸看了看我手裡的阿童木，目光延伸至攤子上的其他貨品。過了一會兒，突然說，畫得眞好。

我相信這是由衷的話，多半來自他的專業判斷。我一陣高興，想爸爸終於認可了我的興趣與品味。

尹師傅頭也不抬，輕輕地說，三分坯子七分畫。也沒什麼，都是些玩意兒。

爸爸說，不是，這是藝術。

尹師傅沉默了一下，手也停住了。說，先生您抬舉。這江湖上的人，沾不上這兩個字，就是混口飯吃。

都聽出他的聲音有些冷。

過了些天，發生了一起意外，對尹師傅而言，卻足見「江湖」二字於他的不利。

我看到這中年人站在他一貫的攤位旁邊，垂著頭，手藏在半耷拉下來的套袖裡。泥人挑子則被打翻了，壓倒了一棵人行道邊上的冬青樹。一塊赤褐色的黏土泥坯膩在地上，上面印著一個巨大的解放鞋的鞋印。鞋印的主人，是個黧黑的漢子。站在尹師傅的面前，粗暴地謾罵。內容很蒼白，無非是汙穢的周而復始。

尹師傅赤紅著臉，卻沒有任何還口之力。只是一遍遍地說，你這個人，你這個人……

漢子身後的地瓜爐子，和他的身形一樣巨大敦實。即使是我這樣的小孩子，都看得出這是典型恃強凌弱的一幕。

圍觀的人多起來，漢子似乎有些人來瘋。將身上的汗衫脫下來，擰一把汗，走近前，用手肘搗著尹師傅的胸膛。中年人於是趔趄了一下，聲音更為虛弱，說，你……得饒人處且饒人。

我心裡緊了一下，擠出人堆，向崑曲社的方向跑過去。崑曲社在朝天宮西北方一處陳舊的建築裡，據說以前是太廟的所在，現在卻破落到連大門都沒有了。我衝進去，臺上一個上了年紀的小生正在惆悵地咿咿呀呀，看到一個莽撞的小孩子東張西望，似乎也有些分神。有些觀眾就發出噓聲。我看見父親回過頭來，用嚴厲的眼光看我，因爲我敗壞了人們的雅興。我也顧不得了，終於看到了坐在前排的大蓋帽，眼睛一亮。大蓋帽是父親的票友老王叔叔，在附近的派出所做副所長。王叔長著一臉的絡腮鬍子，不笑的時候，像極了年畫上的門神。因爲他的威武與粗魯，我一直很懷疑他是不是發自內心地對這種曲高和寡的藝術感興趣。但這時候，我卻覺得他在這裡實在是恰到好處。我扯著他的衣襟，把他往門口拽。他有些驚訝地看著我，又看看臺上，然後以息事寧人的神情跟我走出去。我推著他擠進人堆。尹師傅正躬下身去，收拾自己的挑子。他撿起了地上裝工具的絨布包，抬頭看見我，又頹唐地低下去。王叔以職業的敏感，立即明白了是怎麼一回事。他咳嗽了一聲，走到了漢子跟前，說，執照呢？漢子愣一下，問，什麼？王叔放大了聲量，說，營業執照。漢子說，這個屌地方，還要執照？王叔說，什麼地方都有個王法，小孩子都懂。收拾東西跟我走。人群中爆出一聲「好」來。漢子的臉有些灰，說，走就走。他跟在王叔身後往外擠，有人撞了他一下，是故意的。他於是凶惡地叫，媽屄的，我幹革命小將那會兒，也沒見你們這麼來事。王叔回過頭，眼睛張了張。他立即恢復了英雄氣短的樣子，快步跟上去。

人散了。我這才看見，父親也來了，不禁有些發怵。父親並沒有責備我，只是也彎下腰，與尹師傅合力將他的泥人挑子支起來。尹師傅打開絨布包，揀起那根白魚刺，迎著陽光照一照。我們都看出來，已經斷掉了。他仍然包進了包裡，閉了一下眼睛，然後輕輕地歎了一口氣，說，流年不利，人心不古。

我很奇怪，他臉上並沒有很憤慨的神色，彷彿在評價發生在旁人身上的事情。這時候，我卻看見他的胳膊肘上，正從白襯衫裡滲出殷紅的血色。爸爸也注意到了，說師傅你傷著了。他撩起袖口，是個寸餘長的口子，卻很深。不知道是不是剛才爭執的時候刮傷了。他看一眼，又將袖子放下來，說，不礙事。爸爸說，這不成，天這麼熱，要發炎就麻煩了。師傅，我們住得不遠，到我們家包紮一下。

他沒說話，卻站著不動，是推脫的意思。我使勁拉他一下，說，師傅，快走吧。

媽媽見我們帶了個陌生人來，有些奇怪。再加上他的樣子又分外局促，神情都有些尷尬。我沒等爸爸解釋，使勁指了指床頭整齊排成一排的泥人兒，說，這是尹師傅。媽媽立即意會，表情舒展開，說，原來是尹師傅，我們家毛毛整天念叨的。尹師傅看見自己的作品，眼神也活了，說，女同志，您客氣了。都是小先生錯愛。

我立即覺出他言辭間有趣的錯位，我媽媽是女同志，而我卻是小先生。

爸爸央媽媽去拿醫療箱，一邊請尹師傅坐。尹師傅坐下來，眼睛卻瞥見了茶几前的一幅山水，脫口而出：倪鴻寶。

這的確是倪元璐的手筆。爸爸遇到知己似的，說，師傅對書畫有研究？

尹師傅欠一欠身，翰墨筆意略知一二，「刺菱翻筋斗」的落款，是最仿不得的。

爸爸說，師傅是懂行的。

尹師傅說，讓先生見笑，胡說罷了。

爸爸沏了茶給他。他謝過，捧起茶杯，信手撫了一周，輕輕說，先生家是有根基的。

爸爸會心笑了，這些老人留下的東西，前些年可讓我們吃了不少苦頭。

尹師傅說，也虧了還有先生這樣的人，祖上的老根兒才沒有斷掉。

爸爸終於說，師傅，別叫先生了。叫我毛羽就好。

尹師傅又半躬一下身，說，毛先生。

其實我並不很清楚是什麼造就了尹師傅與我們父子兩代人的友誼。以後爸爸來朝天宮，總也要到泥人攤兒上轉一轉，與尹師傅聊上一會兒。我並不很懂得他們在聊什麼，但看得出，他們是投機的。甚至有的時候，尹師傅會忘記了還有做生意這回事情。這時候，他木訥的臉相也有些不同，變得些許生動起來。

以後的一些年，這些交流還在繼續。及至我上了中學，朝天宮一帶其實有了很大的變化。倒是午朝門翻建了明故宮。新的堂皇的廣場，是毫無古意的，每個週末都聚集了放風箏的歡樂的人，越發顯出了朝天宮的黯淡與沒落。再就是，在這裡擺攤的人，似乎都換了面孔。面孔換了幾茬，據說有一些是另謀生計去了。一個賣梅花糕的，在評事街開了鋪面，生意竟越做越大。再來的時候，有些衣錦榮歸的意思，邀請老夥計們去他的西餐廳吃飯。

什麼都在變，不變的大約只有尹師傅的泥人攤。生意沒有更好，但也沒有壞下去。顧客還是孩子們。一些長大了，不再來了，便有一些更小的接續上來。

有一天，爸爸一回家來，臉上是很興奮的神情。一面回房間翻了一陣，翻出許久不用的理光照相機。因爲並沒有外出旅行的計畫，我和媽媽都有些摸不著頭腦。

爸爸對我說，毛果，我們去找尹伯伯。

我們到的時候，夕陽西斜，尹師傅正袖著手打盹。耳朵上夾著一支菸，人也有些佝僂。這中年人，這時候便顯出了老相來。爸爸沒有驚動他，只是拿著照相機，對著攤上的泥人拍了一陣兒。尹師傅醒過來，眼神有些發木。

爸爸高興地對他說，老尹，你的玩意兒，遇到懂的人了。

尹師傅的嘴角便揚一揚，說，先生又玩笑，怕是沒有比你更懂的。

爸爸搖搖頭，說，最近我們研究所，在搞外經貿交流年會，就有批專家來商量合作的事。你可記得上次送我的那只泥老虎。我擺在辦公室裡。有個英國人見了，愛得不行。聊起來，原來他是SOAS的客座教授，專研究亞非文化的。他說難得一見這樣地道的民間藝術品，想要看你更多的作品。

尹師傅囁嚅了一下，說，是個洋先生麼？

爸爸說，洋人也沒什麼，藝術無國界。只要是好東西，就應該讓更多的人知道。

後來，我目睹了這個叫凱文的英國教授，在看到這些泥人時的反應。這間十多平方的斗室，是尹師傅的家，簡樸到只有一張床和一個立櫃。其餘的地方，滿當當地擺著泥人。有的上了彩，有的還是素坯。因爲太多，色彩又繁盛，任是誰都眼花繚亂。凱文輕輕撫摸其中一隻「殺鬼鍾馗」，眼裡是一種疼惜的目光，彷彿對著初生的嬰兒。他回過頭來，用清晰的漢語對我們說，這才是中國的。

凱文的目光，又在立櫃的一側停下來。並不顯著的位置，擺著一個泥塑的半身像。還沒有上色，但辨得出是一個女子，現代的裝束，齊耳朵的短髮，有一雙看上去很柔美的眼睛。

在他還在端詳的時候，我們都聽見了隔著布簾的裡間，有極細隱的如同貓叫的聲音傳出來。

尹師傅快步走進去，拉開了簾子。

儘管燈光暗淡，我們都看到一個坐在輪椅上的青年男人，半邊臉抽搐著，正在呻吟。他的右手抬著，指尖彎曲。這並非是一隻成人的手，畸形地翻轉。尹師傅將一塊布塞到了男人的嘴巴裡。

在我們的目光裡，他將男人的頭摟在懷中，平靜地撫摸，輕輕地說，我兒子。

這年的年尾，尹師傅的泥人，出現在了英國的《新世紀藝術年鑑》上。尹師傅婉拒了倫敦藝術雙年展的邀請。他說，我是登不上檯面的，就是個手藝人。況且，生意走不開。還有，我兒子。

凱文再次找到他，是在第二年的秋天。凱文對爸爸說，他想和尹師傅談談生意的事。他說，他的弟弟開了一個工藝品公司，希望尹師傅能成爲他們的合作夥伴。他們會爲他在中國安排專門的工作室，以後他的所有作品，會直銷海外。

尹師傅搖搖頭，說，離開了朝天宮，我就什麼都不是。

凱文說，您是個值得尊敬的藝術家，理應過上更好的生活。

尹師傅眼角低垂，說，窮則獨善其身。

凱文頓一頓，終於說，您應該也希望您的兒子獲得更好的治療。

這中年人的嘴角抽搐了一下，沒有再說話。

以後的許多日子，我們都沒有再見到尹師傅。爸爸說，他太忙了。聽凱文說，有太多的訂單。但是他的功夫又很慢，東西都是一點一點磨出來的。

爸爸說，這個老尹。

尹師傅再出現在我們家，是接近春節的時候。他是來給我們派喜帖的。他說，他兒子要結婚了。我們心裡多少都有些驚異，但還是由衷地恭喜他。

他笑著，並沒有很多富足喜氣的神色。

婚禮上，我們見到了新娘。是個黑紅臉的幹練女子，一杯接一杯地跟來往的親友敬酒。她端了滿盞酒到了我們跟前，跟爸爸說，毛叔，沒有您，就沒有我和尹誠的現在。你對我們有恩情，我敬您。說完了，她便一飲而盡。

爸爸有些發愣，大概不知怎麼接話。因爲在之前，他是沒見過這個女人的。

尹誠是尹師傅的兒子，這時候遠遠地坐在角落裡，眼神茫然，胸前的紅花已經落在了地上。好像眼前的一切，都不關他的事。

後來我們知道，這女人來自六合鄉下，是尹師傅一個親戚介紹的。但這段姻緣如何促成，卻沒有太多人瞭解了。

又過了些時候，是尹師傅買了房，邀我們去新居參觀。新居在月牙湖一帶，是南京城最早期的高尚樓盤。媽媽說，看來尹師傅是做得不錯的。

來邀我們的，是他的兒媳劉娟。還有兒子尹誠。尹誠依然還是沉默的，臉色似乎好了些。手也不太抖了，安靜地蜷在西裝的袖子裡。這西裝穿在他身上有些大，但看得出，是朝好裡買的。他看到我，咬一下嘴唇。我對他笑了笑。他似乎受了驚嚇，趕緊又將頭低下去了。

劉娟也笑一下，聲音有些乾。她說，我這輩子，要能生出個毛毛這樣的孩子，真就是造化了。

媽媽就將話題岔開去，說，這孩子小時候其實厭得很，也是家裡管得嚴。接著又問他們裝修的情況。劉娟便驕傲地歎了一口氣，說，裡裡外外還不是我一個人，他們爺倆兒能幫上什麼。老頭兒在工作室裡趕活，面都見不到一個。從買材料到找工程隊，讓我跑斷了腿。原先請了個監理，用了幾天，大小事上丟奸，讓我給趕走了。我這個人，可是眼裡揉不進沙子的。就是累了自己了。

這年輕女人很有氣魄地挺一下胸，說，還不是熬過來了。

爸媽都說，是啊，裝修可不是個容易的事。

她就從手提包裡拿出一疊照片，對我爸說，您是行家，也給參謀參謀，看我的主意拿得妥不？

爸爸翻看這些照片。房間裡吊了厚厚的天花板，刷了玫瑰紅的牆紙。大吊燈倒是很堂皇的，流光溢彩。各種傢俱也是大而實的，整個家裡看上去滿當當的。

爸爸就說，其實，現在是比較流行簡約的。

劉娟就說，有了好日子，不是要過給別人看嗎？

媽媽問，哪個是尹師傅的房間？

劉娟愣了一下，說，他不跟我們住。說是住不慣樓房，寧可窩在三元巷那塊。

又過了些日子，父親領著我去工作室看尹師傅。說是工作室，其實是靠著莫愁湖的一間民房。改建過了，四周都是大塊的玻璃，採光很好。透過窗戶，可以看得見大大小小的泥人兒，擺在通頂的木架上。還有一個低頭勞作的身影，全神貫注地在揉一個泥坯，那是尹師傅。

尹師傅看見我們，立刻笑了。擦了擦手來開門。

進了門，才聞到很大的菸味。尹師傅原來是不抽菸的。我揉了揉鼻子，他也想起來，趕緊打開門窗，說，透透氣，沒法子，最近抽得多，解乏嘛。

我正東張西望，尹師傅說，毛毛，伯伯給你留了好東西。說著在架上搜尋起來。說著爬上木梯，端下來一個盤子。

盤子裡是一群小和尚，或站或臥，誦經的，打坐的，偷懶打盹兒的。形態各異，憨態可掬。我捧在手心裡，看著也樂。

尹師傅便說，眉眼挺熟的吧，可是照咱毛毛畫的。

爸爸也笑說，也就你還把他當小孩兒。這孩子要是有幾分和尚的定力，我和他媽媽可就省事多了。

我這才發現，尹師傅的泥人，和以往不同，被分成了不同的門類。好像部隊，有了不同的名稱和番號，井然有序起來。木架上被貼了標籤，有的寫著「戲文」。不同的作品底下也有小字，《打漁殺家》、《宇宙風》、《貴妃醉酒》等等。還有的貼了「民俗」，就是一些小人兒，都在做著日常的事情。有婚嫁的，擺酒的，祭祀的，甚至還有開桌打麻將的。一個木架，竟成了個小世界。還有一架叫「西洋」，都是些洋人，多半裸著身體。這自然也是藝術的表達。尹師傅卻好像有些不安，說，有些客戶，指名要這種。我本來不想做的，成何體統。父親說，老尹，你也應該解放思想，藝術就要兼容並蓄。

尹師傅就笑了，說，也對也對。

說著，尹師傅抽出一支菸點上，又讓爸爸一支。爸爸接過來，說，菸還是要少抽。看你最近臉色不大好。

尹師傅便說，不礙事，睡一覺就補回來了。

說完又笑了，笑得仍然有些倦。

臨走的時候，我發現那尊女人的半身像，擺在窗臺上。籠在夕陽的光線裡頭，輪廓很好看。

偶爾又去了朝天宮，其實讀中學以後，我已經很少來這個地方。看起來，似乎比以往又蕭條了些。也可能是因爲沒了尹師傅，朝天宮也不是以往的朝天宮了。

大約在半年後，接到了尹家的電話。劉娟打來的，說是要請我們全家吃飯。爸爸就問，難道是又有了什麼喜事。回說，也沒有什麼特別的，就是好久不見，也該向毛叔和嬸嬸問安。

到了下午，劉娟就開了桑塔納過來接我們。說起話來，還是一團火似的模樣。說是去狀元樓。到了包廂裡，迎面看到尹誠，又胖了些。尹師傅坐在一旁，卻是有些見瘦。臉色也灰黃的，掛著笑，看得出有心事。坐下來吃了幾道菜，又寒暄了一陣兒。爸爸到底還是問，是不是有什麼事兒。

劉娟向尹師傅看一眼，輕笑說，咱也不瞞毛叔，是有點兒小忙請您幫。對您也就一句話的事兒。

尹師傅轉過頭，都聽見他歎了口氣，聲音也有些粗：我就不知道，怎麼就是一句話的事兒。

劉娟倒不動聲色道，這話說的，毛叔是場面上的人，可不就是一句話。

事情就鋪開來。原來，這半年工作室的訂貨量增加，尹師傅忙不過來。前不久，劉娟作了主張，爲公公招了幾個助手。其實都是藝術學院的大學生，幫忙出活兒，作品則記在尹師傅的名下。可是兩個月後，就出了事，一批東西在歐洲全部被退了貨，說是品質下降得厲害。這事兒弄得英國的老闆很惱，瞭解了原委後，竟然提出要和尹師傅解除合同。雙方現在在僵持。劉娟說，毛叔您和那個凱文有交情，就求您跟他說說。

爸爸想想說，那我就跟他說說，可是，你們做得是有點不大妥當。工作室不是作坊，人家要的就是尹師傅的作品。

劉娟就敬上爸爸一杯酒，說，可不是嘛。我公公在多少人眼裡都是寶。可他這麼沒日沒夜，任誰也心疼。只是，這錢來了不賺，也實在說不過去，您說對吧。

尹師傅沒說什麼，低下頭，只是吃菜。

爸爸就跟凱文說了，對方說問題也不很大。只是，西人向來講究個誠信。下不爲例就是了。

爸爸就說，也跟你這個兄弟說說，別太資本家。老尹到底是個手藝人，慢工出細活。訂貨太多了怕他吃不消。

凱文便說，這你可冤枉我們了。訂貨量是他自己要求增加的，我可從旁人那聽說，他有個厲害的兒媳婦。做公公的是言聽計從。

尹師傅出事的消息，也是從凱文那裡知道的。說是打電話給工作室沒人聽，過去一看，尹師傅昏倒在桌上，手裡還攥著一把刻刀。

在醫院走廊上見到凱文，心裡都有些黯然。尹師傅的報告出來了，已經是肝癌晚期。凱文說，老尹現在的狀況，他兄弟也很遺憾，剛剛給他送了一筆慰問金。不過這個工作室，恐怕是要撤銷了。

爸爸苦笑了一下，說，你們的動作，也未免太快了些。

尹師傅看我們來，眼睛活泛了些，張開嘴要說話。爸爸制止他，說才手術過，說話傷身。

尹師傅搖搖頭，終於說，他毛叔……

然而也依然沒說下去。

他身邊是個臉色衰老的陌生女人，幫忙招呼我們，說是孩子的老姨。女人手裡端了一碗粥，一邊朝碗裡吹著氣。大約覺得涼了些，才掂了一把小勺，往尹師傅嘴裡送。尹師傅喝了一口，頭偏一偏，說，不吃了。

她愣了一下，又舀起一勺，有些堅持地送過去。尹師傅閉上了眼睛，聲音堅硬了一些，我說不吃了。

我們和尹師傅沒有說很多的話，只是陪他坐著。隔壁房不知道是誰打開了一台念經機，斷斷續續有佛音傳過來。這時候聽過去，竟有些淒涼。

大概又過了很久，有個護士進來，對我們說，病人要休息了。你們請回吧。尹師傅，這時候已經睡著了。面相安靜。

從窗戶望出去，已經是漆黑的一片。

我們走出去，看見走廊的盡頭，坐著一個人。是剛才那個女人。爸爸說，過去和她說一聲吧。

走到她跟前，才發現，她在啜泣。看到我們，她擦一下眼睛，站起來，對我們說，走了？我送送你們。說完，艱難地對我們笑了一下。

在電梯裡頭，光線映在她渾濁的眼睛裡。我們看到，一行淚，沿著她滿布皺紋的臉，又流下來了。

她說，毛同志，老尹眞的沒幾天好活了麼？

我們不知道怎麼安慰她。她輕輕地將頭在牆上靠了一下，這是誰做的孽？我只是想爲他們好。

我介紹劉娟給他們，就是想他們爺兒倆能有個照應。我妹死了後，家裡該有二十幾年斷女人了。

爸爸猶豫了一下，終於還是問道：您是她愛人的姊姊？

女人眼神散了，說了一句話，聲音很虛弱，但是聽得見其中的苦楚，她說，我配做這個姊姊麼？

在短暫的沉默後，她終於又開了口。略微激動的情緒也平復下去。意外的是，一個我們並不熟識的尹師傅，在她有些嘶啞的聲音裡，漸漸清晰。

尹師傅大名尹傳禮。說起來，尹師傅的祖上在無錫，稱得上一個大家。是當地有名望的士紳。家業也豐厚，歷有「尹半城」之稱。然而到後來，這家裡卻出了一個人物，就是尹師傅的父親。因爲政治上的抱負，年輕的尹先生投到了孫傳芳的麾下。甚至攜上了大半的家產，有些破釜沉舟的意思。幾年下來，位至團長，自己也頗有些得意。然而好景不長，北伐軍十九路軍南下，這支部隊首當其衝。孫氏自知大勢已去，爲保浙江的嫡系，也壯士斷腕。尹團長孤軍抵擋，終於全軍覆滅。同族人對他的舉動，早已側目，覺得不安分。這時候，更紛紛劃清界限，甚至排擠，以示公義。眾叛親離之下，尹父終於在數年後積鬱成疾，臨終託孤給一個朱姓的朋友。

這朱姓朋友的家裡在惠山。春申朱家，雖非書香門第，卻也是有淵源的藝人世家。出產的泥塑，做過前清朝廷的貢品，在地方上都有記載。

這位朋友自己則在縣裡擔任文職，兢兢業業。朋友是有德行的人，早年又受過尹父的恩惠，受人之託，對尹傳禮視如己出，在教育上不遺餘力。甚至要求比自己子女更嚴苛一些。因爲本業之故，家中大小玩泥塑是自然的事，然而對於傳禮，卻是禁絕的。因爲朱伯父覺得，這始終是不入流的東西。尹父自己行錯了路，是看錯了時勢，跟錯了人。說到底，是胸襟不夠。男兒胸中有溝壑，玩物必喪志。所以，除卻觀摩家中的字畫金石，用於冶煉情操，傳禮並無其他可以培養愛好的項目。

這少年人逐漸長大了。朱伯父卻隱隱還是覺出了不對。雖說傳禮為人是十二分的規矩，但對於大丈夫的道理，修齊治平之類，似乎並無想法。問起所謂宏願，亦無關仕途與經濟。有天朱伯父去書房探他，見他聽到人聲，就用書本遮住了什麼。朱伯父於是將這本《樊川詩集注》掀開，愣了一下。書底下是只泥塑的大公雞。雖未上色，卻已粗具神采。尤其是一對翅膀，躍躍欲飛。朱伯父心裡暗讚了一下，隨即又正色道，這是哪來的。他想，無非是家裡把玩流傳的要貨。到底還是個孩子，經不起誘惑，教訓幾句就是了。然而，傳禮猶豫了一下，清楚地回答他，說，我做的。這一答未免讓他心驚。

朱伯父駭異之餘，第一次動了氣。然而傳禮這時開了口，說感謝他多年的養育。本沒有忤逆之心，但他對這泥塑，是真的愛，願意作為畢生的事業。他知道伯父是為了他好，但人各有志，真是強求不得。

這寡言的孩子，從來未這樣健談。做長輩的一時間百感交集，只覺得自己的心血被辜負，又抱愧故去的老友。一句「人各有志」卻真正傷了他的心，聽罷拂袖而去。

待人靜下來，再細細看去，覺得這物件絕非初學所作，便又問說是誰教的。

傳禮照答說，沒人教。

這便是天分了。

這時候的時局，其實又動盪了些。朱伯父想起自己的處境，亦是無著，就有些感慨。這麼多年來，對這孩子的前途，其實多少有些一廂情願。時勢造就之功，可遇不可求。然而，治世亂世，有一技傍身，卻是沒有錯的。他便下了一個決心。

第二天，他便帶了傳禮去見了他的堂兄朱文忠。朱文忠是惠山排行第一的泥塑師傅。若這孩子真有造化，也就過得了他這一關。

傳禮坐定，朱文忠便要出題考他。卻見這孩子手在桌子底下活動。問他做什麼。他就伸出手，掌心是一個泥人的頭像。定睛一看，竟和朱文忠的面目不差分毫。堂兄弟兩個便知道，這孩子是鐵定要吃這碗飯了。

在三十歲上，尹傳禮已經是惠山最出名的青年藝人。朱文忠年事漸高，也想有人能繼承衣缽。朱文忠膝下無子，只有兩個女兒。一個指腹為婚，嫁去了南京六合。小的那個待字家中，亦心有所屬，便是這個姓尹的年輕人。朱文忠看在眼裡，暗暗也為女兒定下了終身。

所謂風暴，自然是突如其來。彷彿一夜之間，鎮上突然貼滿了大字報。在這個鬱燥的夏天，朱文忠先是看到自己的名字上被打了血紅的叉。底下寫著，「走資本主義道路的鐵杆分子」。這老藝人正茫茫然什麼叫做「資本主義」，已有人上了門來，頃刻間家裡天翻地覆。小將們叫嚷著「破四舊」，要他們盡數交出工具。尹傳禮年輕氣盛，上前問，交出來，靠什麼吃飯？對方一個青年狠狠推他一把，說，你想跟革命討價還價嗎？

傳禮暗暗捏了拳頭，說，我的工具就是這雙手。小將便圍上來，反擰了他的胳膊，說，那就毀了你的手。說著舉起一把捶泥坯的木槌。做師傅的看在眼裡，不管不顧地衝過來護住傳禮。木槌沒猶豫，落在老人的後心上。

朱師傅在半個月後撒手人寰。臨到走，也沒有說上一句話。彌留之際，突然眼睛亮了一下。傳禮和他女兒若英趕緊坐在他床前，他伸出胳膊，拉過傳禮的手，又拉過女兒的手，放在傳禮的掌心。嘴角抿一抿。

朱師傅過世一年，傳禮和若英就給他守了一年的喪。兩個人以兄妹相稱，誰都知道他們的情比一般夫妻要厚得多。族上幾個老人就要給他們操辦。傳禮搖頭，說師傅身後未滿三年，這時候辦喜事，是爲不孝。

這時候，卻有鎮革委會的人找他，問他還想不想做回本行。他便說，我現在幹慣粗活的手，沾不得「四舊」。對方就說，給你個機會做革命文藝工作者，看你會不會做。傳禮就問，要怎麼做。對方陰颯颯地說，那就要看你的表現了。

就約他晚上去革委會辦公室。傳禮不明就裡，就去了。人一進去，門就給人從外面鎖了。怎麼叫喊也沒用。到了後半夜，才有人開了門，跟他說，滾。

他回了家，看見若英房間燈亮著。他走進去，看見若英正對著窗戶嚶嚶地抽泣，看見是他，先呆了。突然就站起來，上上下下撫摸他的臉，終於就大聲哭了。

女人嘴裡說，以為見不到他了。他隱約覺得不對，就問發生了什麼事情。若英又愣了一下，說，他們說你寫了反動文書，給扣在革委會了，看來是死罪一條。

誰說的？

李主任。若英的眼光有點躲閃。李主任是革委會的頭兒。若英的脖子這時候迎著光，上面有淺淺的瘀痕。他心一緊，有熾熱的東西湧動上來。

在他正要衝出去的時候，若英拉住他，說，他說，不這樣就不放你回來。

他的心被鞭打了一下，一回身，緊緊摟住了這女人。
若英有兩個月身孕的時候，他們結了婚。
他說，孩子留著吧，都是一條命。生下來，我就是他爹。
臘月，這孩子生下來。是個小子，不哭鬧。可稍大一點，都看出身體有毛病。
若英說，我要爲你生個好的。
若英懷上了他的孩子，兩個人守著希望似的。這孩子懷了九個月，有一天說是要生了。趕到醫院，醫生說，怎麼現在才來。
剖腹產，剖出一個死胎。
晚上，女人大出血。婦產科的實習醫生慌了神。問起主任醫生，在牛棚裡。搶救到半夜。
天濛濛亮，若英闔了眼睛，臨死也沒說一句話。臉色煞白地望著他。
尹傳禮一個人帶這孩子，帶了兩年。有人看他一個大男人養孩子艱難，就要幫他介紹個新寡的婦人。他搖搖頭。

革委會幹部都換了一遍。新的主任問他，有革命任務給他。

他愣一愣神，苦笑說，我們家裡沒有女人了。

主任瞪一眼，革命是用來開玩笑的嗎。

原來革命任務是做主席像。

他的雙手插在泥裡，有些陌生，有些怯。但也有些暖意沿著指尖傳上來。

他做出的主席像，誰都說像。

方圓百里的人家，都供著他做的主席像。

他做主席像，做好了一個，下一個還當是新的做。每次看到主席被人恭恭敬敬地請走，心裡都一陣發空。不過長了也就有些淡了。

到有一天家裡的孩子發了高燒。送去診所打針，沒退。送到縣裡醫院，孩子已經燒糊塗了。燒總算退下來，孩子卻站不起來了。本來還有一雙腿是好的。

他責備著自己。革委會來了通知，說要送青山鎮的友誼鄉一尊主席像。要他連夜趕出來。

他忍下苦痛，做到後半夜，睡著了。起來，接著做。做好了，等著人來請。

主席還是笑吟吟的。是包容天下的偉人。

清早主席被請走了。中午來了一幫紅衛兵，要抓現行反革命分子。是他。主席下頷上周周正正的一顆痣，給他點到了右邊。這是企圖替右派翻案。手法陰險，居心可誅。

臨去勞改農場，看見妻子的姊姊若蘭，帶走了他的兒子去六合。

這一走便是九年。

九年後，他被放出來，已經是衰老的中年人。老家裡沒有容他的地方。妻姊說，來南京吧。你兒子長大了，說不了話。蹦出個一兩句，都是六合腔。

他說要自食其力，做他的老本行。就在朝天宮擺了攤兒。

養兒子，養自己。閑下來看《周易》。就是不看自己的命數。

後來發達了。妻姊便說，家裡得有個女人。尹傳禮說，我不要，你給你外甥找一個。若蘭便歎一口氣，說，給你找一個還容易些。

後來便找了農村戶口的姑娘，是若蘭夫家的遠親。人看上去還本分。不好看，能吃會做。就是話多些。

這姑娘就是劉娟。

我們聽到這裡，都突然想起來，今天陪著尹師傅，並沒有看見他的兒子兒媳。

半老的女人看了我們一眼，說，我找了她來，是我作的孽。誰還料想，她能有這麼大的能耐。

我們都沒有提防，爲能留住她。連房產證上寫的，開戶用的，都是她的名字。

我們於是都知道，這叫做劉娟的女人，怕是不會再出現了。

尹師傅的喪事，辦得很簡樸。人來得不多。一些說著無錫話，是老家的親戚。沒有什麼人哭，都是面相木然。尹誠坐在輪椅上，頭上戴著孝帽。手抽搐了一下，又一下。

遺像上的尹師傅，眉目有些模糊。大概是用的一張放大的證件照。因爲模糊，臉上的千溝萬壑，似乎都舒展了些。人也年輕了些。

我們身後傳來凱文洋腔調的中國話，說，可惜了。

喝完了豆腐湯，叫若蘭的女人跟我父親說，毛先生，央你件事情。說完，拿出一個信封：老尹留下把鑰匙，開床底下那口木箱。他臨走前說，請先生你來開。

箱子從床底下搬出來，雖然陳舊，卻並沒有灰塵。

鎖開得很順利。

打開來，是一箱子的毛主席半身像。

泥塑的主席像穩穩地坐在箱子裡，底座上標了不同的年份。每一個，都端端正正地在下頜上點了一顆痣。

英珠

搬家的時候，取下掛在門上的明信片。有一張是白雪皚皚的巴朗山，六年前四川之行的紀念。翻過來，後面是一張鉛筆畫，已經褪了色。只有一些灰暗的線條。我看了一會兒，把它夾進筆記本裡。線條卻在眼前豐滿清晰，那樣一個夜裡，應該是一些濃紅重綠。

現在想來，相對我信馬由韁的旅行觀念，與號稱「小鐵人」的朋友陸卓去四川，算是一次失策。情況是，「小鐵人」是極限運動的擁護者，現實中還算是個惜命的人。所以當他提出一日內徒步登峨嵋金頂的建議時，我草率且略帶興奮地答應了。可想而知，此後經受了體力和意志的巨大考驗。到了阿壩的時候，已經身心俱疲。旅遊車在巴朗山盤旋而上，我一路昏睡。除了在海拔三千多米的時候，遭遇了一個多小時的停頓。一架小貨車被泥石流淹沒了一半，成了無可奈何的天然路障。後面司機按喇叭和罵娘的聲音不絕於耳，直到事故平息。

車進入日隆，已經是黃昏。從地圖上看，這鎮子在小金縣東邊的一角，想當然覺得它應該是蠻荒的。所以，當我們看到幾個一團錦簇的藏女舉著紙花，在我們的旅遊車前翩翩起舞的時候，確實有些意外。下了車，過來一個男人逐個辦理預購門票。陸卓頓時明白，先前苦心設計的自助旅行攻略已等同廢紙。這個景區在兩年內經過了翻天覆地的商業洗禮。對於浪漫的個人探險者，已是好景不再。

這時候，圍上來許多藏民，說著有些難懂的漢話。意思卻是清楚的，因爲他們手裡捧著犛牛皮的掛飾、鬼臉荷包和野生羚羊角。在十分沮喪的心情之下，陸卓語氣有些粗魯地將他們驅趕開。他們似乎並不很惱怒，臉上仍然掛著笑，遠遠地跟著，等待我們回心轉意，好成全一樁生意。

手機的信號很弱，陸卓去了百米外的郵政所打電話。我一個人在附近逛。這鎭很小，有一條一眼可望到頭的小街。街後便是灰濛濛的四姑娘山，山勢倒是奇偉連綿。街兩邊是些舖子，大概因爲有半官方的性質，倒不見招攬客人。只是商品的價格，比藏民散賣的又貴了不少。我在一個銀飾店前站住，對門口的一個虎頭的掛鎖產生了興趣。正看得仔細，聽見有人輕輕地喊：帥哥。

這聲音有些生硬，由於輕，我並沒有留意。直到聽到又重複了一遍，我才回過頭，看見一個藏女，站在身後。

「帥哥。」她張了張口，又小聲喊了一聲。然後笑了，露出了很白的牙齒。如同中國其他地方，所謂「帥哥」是生意人對年輕顧客討好的說法。只是眼前這個女人，是沒有喊慣的。我問她：有事嗎？

她又羞澀地笑了一下，牽動了嘴角的皺紋。面頰上的兩塊高原紅，顏色又深了些。然後她走過來，又退後一步，低聲說，我剛纔聽到你們說話了。你們想去大海子，他們沒辦法帶你們去的。

我這才發現，比較其他的藏民，她的漢話算是十分流利。很快明白了，她表達的意思是，這裡最美的景點海子溝，是旅行社經營範圍的盲區。因爲地勢險峻，道路崎嶇，車沒辦法進去。但是她可以租借她的馬給我們，帶我們進溝。

說完這些，她又低了頭，好像很不好意思。我望到她身後，有兩匹當地的矮馬。看上去挺壯實，配了顏色斑斕的鞍子和轡頭。

這其實是個好消息。我對藏女說，哦，是我的朋友不想跟團，你剛纔應該和他說。

藏女抬起頭，眼睛亮一亮，卻又黯淡了一下，說，他很凶，我不敢說。

我笑起來。她也笑了，這一回因爲笑得輕鬆，讓我覺得她好看了些。

陸卓回來了，聽說後也很興奮。很快便談妥了，後天和藏女一起上山。

她牽了馬，卻又走回來，我問，還有事嗎？

她便說，你們還沒住下吧。這裡的賓館，哄人錢的。我們鄉下人自己開的店，價錢公道，還有新鮮的犛牛肉吃。我幫你們介紹一個。

大約最後一點對我和陸卓都有吸引力。陸卓說，恐怕也是她的關係戶。我點點頭，便也跟她走了。

一路上經過當地的民居，都是依山而建。大概也是就地取材，用碎石頭壘成。兩三層的樓房，倒也十分整齊。有穿了玄色衣衫的老嬷嬷坐在天臺上曬太陽，看見我們，咧嘴一笑。

藏女趕著兩匹矮馬，上坡的時候，還在馬屁股上輕輕推一下。嘴上說，都是我的娃，大的叫銀鬃，小的叫魚肚。

銀鬃遍體棕紅，卻長著細長的銀色的鬃毛，在夕陽底下發出通透閃亮的光。魚肚胖一些，是一匹黑色小馬，肚子卻是雪白的。這大概也是名字的來由，想想看，還眞的挺有詩意。

我便說，這名字起得好。

藏女便說，是請有文化的先生起的，娃得有個好名字。

陸卓便笑著問，那你叫什麼名字？

藏女說，我叫英珠。

我重複了一下，覺得也是好聽的名字，就問，是藏名嗎？

她說，嗯，我們是嘉絨藏族。

然後便不再說話了。

我們在一幢三層的小樓前停住。這小樓看上去比其他的排場些，外面的山牆刷成了粉白色，上面繪著圖案，能辨出日月的形狀，還有的好像是當地的圖騰。屋頂上覆著紅瓦。門楣上有塊木牌，上面鐫著漢藏兩種文字，漢文是工整的隸書：卡兒山莊。

英珠喊了一聲，音調抑揚，裡面便有人應的聲音。很快走出一個中年女人。招呼我們上去。

女人粗眉大眼，是個很活泛的樣子。英珠說，這是瑞姊，這裡的老闆娘。

這瑞姊就哈哈一笑，說，是，沒有老闆的老闆娘。

我說，你的漢話也很好。

她一邊引我們進屋，一邊說，不好都難。我是漢人，雅安嫁到這來的。

屋裡有個小姑娘擦著桌子，嘻笑地說，瑞姊當年是我們日隆的第一美人。

瑞姊撩一下額前的瀏海，似乎有些享受這個評價，然後說，那還不是因爲英珠嫁了出去。

說完這句，卻都沉默了。

英珠低著頭，抬起來看我們，微笑得有些勉強。她輕聲說，你們先歇著。就走出去。

瑞姊望她走遠了，打一下自己的臉頰，說，又多了嘴。

這時候我聽見一種淒厲的聲音，對瑞姊說，有人在喊。

這中年女人撣一下袖子，又爽聲大笑，說，這是豬餓了叫食呢，你們城裡人的見識可眞大。

我說，你們把豬養在家裡？

瑞姊遠遠地喊了一串藏語，剛纔那個小姑娘嘟囔著出來，拿了瓦盆走到樓下去。

瑞姊說，這個尼瑪，打一下動一動，永遠不知道自己找事做。

她說，我們嘉絨藏，把畜牲養在底樓。二樓住人。好些的人家有三樓，是倉庫和經堂。

我們隨她進了房間。還算整齊，看得出是往好裡佈置的。標準間的格局，有兩張沙發，床上鋪著席夢思。牆壁掛著羊毛的掛毯，圖案抽象古樸，大概是取材於藏地的傳說。

瑞姊將暖氣開足，說到晚上會降溫，被子要多蓋點兒。

很快窗戶玻璃上蒙了一層水汽。已經是四月，因為海拔高，這裡平均溫度卻只有十度。茶几上有一瓶絹花，生機盎然地透著假，卻令房間也溫暖了一些。

瑞姊臨走說，夜裡洗澡，熱水器別開太大。這邊都用的太陽能。

晚上和旅行團併了夥，分享了一隻烤全羊。參加了篝火晚會，看一幫當地的紅男綠女跳鍋莊，倒也是興高采烈。

回到旅館已經九點多。

陸卓去洗澡，不一會兒就跑了出來。鑽進被窩裡發著抖，牙齒打戰，嘴裡罵娘，說，操，還沒五分鐘，水透心涼啦。投訴投訴！我說，算了，既來之，則安之。我去找老闆娘借點熱水。

到了外頭，見老闆娘正在和人說話。

瑞姊見是我，趕緊慇懃地走過來。我說，洗澡間沒熱水了。她立刻叫尼瑪去廚房，拿了兩個暖水瓶送過去。一面抱歉地說，這山裡頭就是這樣，能源太緊張，屈待你們了。

我轉過身，這才看到和瑞姊講話的人是英珠。英珠裹了件很厚的軍大衣，戴了頂壓眉的棉帽，袖著手。剛纔都沒有認出來。

她對我淺淺地鞠一個躬，在懷裡掏一個塑膠袋子，伸手捧上來，說，送給你們吃。

我接過來，裡面是一些很小的蘋果。皮已經有些打皺。但看英珠的態度，應該在當地是很稀罕的水果。

我還沒來得及道謝。英珠又是淺淺低一下頭，對老闆娘說，我先走了。

瑞姊看著她走遠的背影，深深歎了口氣。

然後轉過臉對我說，小弟，你們拿準了要租英珠的馬，可不要再變了啊。

我說，不會變，我們說好了的。

瑞姊說，她是不放心。聽說你們明天要跟團去雙橋溝。團裡有鎮上馬隊的人，她怕你再給他們說動了。良心話，英珠收得可眞不算貴，就算是幫幫她。

我說，哦，鎮上也有馬隊麼？

瑞姊想一想說，嗯，他們辦了一個什麼公司，叫「藏馬古道」。專做遊客生意。馬也是從各家各戶徵來的。他們說不動英珠，英珠的馬是她的親兒，怕送到馬隊裡受委屈。她現在一個人，很不容易。

我聽了就說，其實，從管理的角度想，加入馬隊也不是壞事。像她現在這樣找生意，就要全憑運氣了。

瑞姊便又歎了口氣說，英珠不是個糊塗人，她是忍不下心。她啥都沒有，就這麼兩匹馬娃子了。唉，就是個命，想當年，英珠是我們這最出色的姑娘。初中生，人又俊俏，在羌藏人裡，算是拔尖的女秀才。畢業嫁給了縣中的同學，兩口子在成都做生意，那是見過大世面的。可惜了……

這時候聽見陸卓在房間裡喊，老闆娘，電視怎麼沒信號啊。

瑞姊一邊應他，一邊匆匆又跟我說，小弟，你答應姊，可不要變了啊。

我點了點頭。

第二天跟旅行團去雙橋溝。好幾個人在中途下了車，因爲高原反應。或許是季節的原因，溝裡一些所謂景點，平淡無奇，只剩下荒涼罷了。倒是沒說處的地方，隨處零落的藏人建造的「惹布補」塔，尚有些意味。

導遊叫阿旺，年輕的藏族漢子。二十出頭，說得一口好漢話，更到了舌粲蓮花的境界。不過經他詮釋過的絕景，總有些牽強。比如那座布達拉山，據他說是修造布達拉宮的範本，看來看去，總也不像。其他方面，似乎也有些信口開河。他身上穿的那件改良過的短打藏袍，陸卓很欣賞，問他是哪裡買的。他說是他阿媽親手織造，沒得賣。不過看我們是遠道的朋友，願意六百塊忍痛出讓給我們。後來我們到了鎮上，這件藏袍就掛在一家工藝品舖頭的門口。價錢只有他說的一半。

到了溝尾的紅杉林冰川，阿旺向我們打聽起次日的行程。我說我們去海子溝。阿旺說那旅行團可去不了，不過他和鎮上的馬隊熟得很，可以載我們去。我說不用了，我們已經租了馬。他就問我是跟誰租的。我想一下告訴他，英珠。他停一停說，卓波拉（朋友），跟我們租。後天送你們一個上午的跑馬。陸卓有些心動。我說，不用了，已經說好了的事。

阿旺就有些冷冷地笑，就那兩個小駒子，到時候不知道是馬馱人還是人馱馬。

回程的時候，天上突然下了冰雹，打在身上簌簌作響。然後竟然飄起了雪。我們都有些興奮，特別是陸卓，他在熱帶長大，這雪也就成了稀罕物。不過下了一會兒，氣溫也迅猛地降了下來。回到旅館的時候，手腳都有些僵。

一進門，瑞姊趕緊送上兩碗熱騰騰的酥油茶。捧在手裡，咕嘟咕嘟就喝下去。其實味道不甚習慣，有些發羶。但一股熱流下了肚，周身也就很快暖和起來。瑞姊又切了大塊的犛牛肉給我們吃，說，小夥子要多吃點兒，都是暖胃的東西。

她坐下來，在爐子前烤手，望望外頭，好像自言自語，這日隆的天氣是孩兒臉，一天變三變。早上還頂著太陽出去。

這時候，有人敲門，小心翼翼地。打開來，是英珠。

英珠衝我們點點頭，將瑞姊拉到一邊，輕輕地說了幾句。瑞姊皺一皺眉頭，她便拉一拉瑞姊的袖子，求助似的。

這可怎麼好？瑞姊終於回過神來，嘴裡說。英珠便將頭低下去。

瑞姊再望向我們，是滿臉堆著笑。她對我說，小弟，看樣子這雪，明天還得下，恐怕是小不了了。

我和陸卓都停下筷子，等她說下去。

她似乎也有些爲難，終於說出來，英珠的意思，你們能不能推遲一天去海子溝。天冷雪凍，英珠擔心馬歲口小，扛不住。

陸卓著急地打斷她，那可不成。我們後天下午就要坐車去成都，回香港的機票都買好了。

我也不知道該說什麼。

英珠一直沉默著，這時候突然說了話，聲音很輕，但我們都聽見了。她說，這個生意我不做了。

安靜了幾秒，陸卓的臉沉下來，聲音也有些重：早知道就該答應那個阿旺。人家怎麼說有個公司，多點信用。

瑞姊趕緊打起了哈哈，說，什麼不做，生意生意，和和氣氣。

又轉過頭對英珠使眼色，輕聲說，妹子，到底是個畜牲，將就一下，你以爲拉到這兩個客容易？

英珠張了張嘴唇，還要說什麼，但終於沒有說出來。轉身走了。

瑞姊關上門。這時候屋裡的空氣熱得有些發炙。水汽在玻璃上掛不住，凝成了細流，一道道地往下淌。瑞姊拿塊抹布在玻璃上擦一擦。外頭清晰了，看得見影影綽綽的雪，細密地飄下來了。

我一夜沒睡。

第二天清早，瑞姊急急地敲我們的門，臉上有喜色，說雪住了。

雪果然是住了。外面粉白闊大的一片，陽光照在上頭，有些晃眼。

瑞姊在廳裡打酥油茶，香味洋溢出來，也是暖的。她拿個軍用水壺，將酥油茶裝了滿滿一壺。又拿麻紙包了手打餅、犛牛肉和一塊羊腱子，裹了幾層，塞到我們包裡，說山上還是冷，用得上。

裝備齊整，她帶著我們去找英珠。英珠就住在不遠的坡上。兩層的房子，不過外頭看已經清寒了些，灰濛濛的。碎石疊成的山牆裸在外面，依牆堆了半人高的馬料。

瑞姊喊了一聲，英珠迎出來，身上穿了件漢人的棉罩褂。單得很，肩頭的地方都脫了線。額上卻有薄薄的汗，臉上的兩塊高原紅，也更深了些。她笑笑，引我們進門去，說，就好了。

進了廳堂，撲鼻的草腥氣，再就看見兩匹矮馬，正低著頭喝水。

瑞姊就說，我們日隆一個鎮子，唯獨英珠把馬養在了樓上。

英珠正拿了木勺在馬槽裡拌料，聽到瑞姊的話，很不好意思似的，說，天太冷了。還都是駒娃子，屋裡頭暖和些。

瑞姊探一下頭，說，嘖嘖，黑豆玉米這麼多，可真捨得。這馬吃的，快趕上人了。你呀，眞當了自己的兒。

英珠還是笑，卻沒有說什麼。

備鞍的時候，過來個男人。看上去年紀不很大，笑起來卻很老相。英珠對我們說，這是我表弟，等會兒和我們一起上山。

我問，怎麼稱呼？英珠說，都叫他貢布索卻。

我嘴裡重複了一下這個抑揚頓挫的名字。

男人將領口的扣子扣嚴了，拽一下褪色的中山裝下襟，說，是說我腿腳不大好。

瑞姊輕輕跟我說，「索卻」在當地話裡，就是腿疾的意思。

陸卓擔心地說，那你能和我們上山嗎？瑞姊趕緊說，不礙事。他呀，要是跑起來，一點都看不出，比我們還快呢。

備鞍的過程，似乎很複雜。在馬背上鋪了很多層。小馬魚肚，連一整張的毛毯都蓋上了，顯見是怕凍著。兩匹馬安安靜靜地套上了轡頭，額上綴了紅綠纓子。一來二去，花枝招展起來。時間久了，給銀鬃上銜鐵的時候，牠抬抬前蹄，使勁打了個響鼻，好像有些焦躁。

這時候的銀鬃，棕紅的毛色發著亮。肌腱輪廓分明，倒眞是一匹漂亮的馬。陸卓走過去，牽了韁繩，說，嘿，就牠了。誰叫我「寡人好色」。

魚肚舔了舔我的手，舌頭糙得很，熱烘烘的。

從長坪村入了溝，開初都挺興奮。雪還沒化乾淨，馬蹄踏在上頭，咯吱咯吱地亂響，很有點跋涉的意境。

遠山如黛，極目天舒。人也跟著心曠神怡起來。坐在馬上，隨著馬的步伐，身體細微地顛動，適意得很。銀鬃走在前面，眼見是活潑些，輕快地小跑似的。走遠幾步，就回過頭來，望著我們。

貢布就說，牠是等著弟娃呢。

魚肚走得慢，中規中矩地，大約是身形也肥胖些，漸漸有些喘。英珠就摸摸牠的頭，從身邊的布袋子裡，掏出把豆子塞到牠嘴裡。牠接受了安撫，也很懂事，就緊著又走了幾步。頭卻一直低著。

英珠告訴我，這弟娃是個老實脾氣，只跟著馬蹄印子走。

我便明白，銀鬃是必要做一個先行者了。

走了十幾分鐘，山勢陡起來，路窄下去。因爲雪又化了一些，馬走得也有些打滑。這時候，我漸漸看出銀鬃其實有些任性。牠時不時走到路邊上，搆著懸崖上的青岡葉吃。雖然有貢布在旁邊看管著，也讓人心裡不踏實。

陸卓回過頭，眼神裡有些緊張。

由於是跟著銀鬃的蹄印，魚肚的步伐不禁也有些亂。海拔高了，這小馬呼出的氣息結成了白霧。英珠從包裡掏出一條棉圍脖，套在魚肚頸子上。我看到，圍脖上繡了兩個漢字——一個「金」、一個「盧」。

我就問英珠字的來由。

她笑一笑，說，「金」是我的漢姓，我漢名叫金月英。上學時候都用這個。

我問，那「盧」呢。

她沒有答我，只是接著說，我們鎮上的人，多半都有個漢名，在外頭做事也方便些，除了老人們。到我們這輩，藏名叫得多的，倒是小名。

陸卓就問，貢布的小名叫什麼。

貢布說，我的小名可不好聽，叫個「其朱」。

英珠就「呵呵」地笑起來，「其朱」啊就是小狗的意思。藏人的講究，小時候的名字要叫得賤些，才不會被魔鬼盯上。貢布家裡不信，前幾個孩子名字叫得金貴，都死了。到了他，也是落下了小兒痲痺才改成「其朱」，後來倒真是平安了，留下了這棵獨苗。

我說，我們漢話裡也有，有人小時候就叫「狗剩」。

英珠說，人，說到底都是一個祖宗，說的想的都一樣。後來是敬的神不一樣，這才都分開了。

聽她這樣講，我突然覺得，曾以為寡言的英珠，其實是個很有見識的人。她娓娓說著，讓人心裡好像也輕鬆起來。

陸卓就回過頭來，嘻皮笑臉地說，那我該叫個什麼藏名，才襯得上？

英珠想一想，很認真地說，敢在這險溝裡走，得叫個「珀貴」。在藏話裡是雄鷹的意思，是眞正的男子漢。

陸卓就有些得意忘形，振臂一呼：「珀貴」，同時雙腿一夾，身子彈了起來。

我就看見銀鬃尾巴一顫，身體過電一樣。突然頭一甩，抬起前蹄，長嘶一聲。慌亂中陸卓抓住了牠的鬃毛。

貢布一個箭步上去，捉緊了銀鬃的韁繩，由著牠使勁地甩頭，直到平靜下來。

我和英珠都有些發獃。我清楚地看到，貢布右手的虎口上，被韁繩勒了道瘀紫的血口子。貢布從地上抓起一捧雪，敷在傷口上，有些不自然地笑了，一邊對陸卓說，年輕人，在這山崖上頭，可不能跟馬過不去。

以下的一程，就都有些小心翼翼。

大約又走了二十分鐘，我們經過一個很大的草甸。英珠說，這是鍋莊坪，是我們過節跳鍋莊的地方。在這看四姑娘山，看得最清楚。可惜今天霧太大了。

到了另一個更大的草甸，太陽竟然當了頭，身上的厚衣服已經穿不住了。瑞姊說得沒有錯，這裡的天氣，眞是一天三變。聽說這草甸叫朝山坪，每年農曆五月初五，藏人們便要在這裡舉行朝山儀式，當然還要賽馬慶祝。

我看這草甸，茫茫的一片黃綠，倒是頗有些草原的景象。看著銀鬃步幅加快，小跑了幾步。連後面的魚肚也有些蠢蠢欲動。

陸卓有些不放心似的，朝這邊看了看。貢布遙遙地揮下手，喊道，跑吧！

銀鬃得了令，便飛奔出去。好像前面是憋屈得久了。的確是匹好馬，步子輕鬆穩健，漸漸四蹄生風，連同馬背上的陸卓都跟著颯爽起來。不一會兒跑得沒了影。幾分鐘轉回了頭，英珠笑著喊，不要跑遠了。陸卓一拉韁繩，回她一句「草闊任馬躍嘛。」

馬跑夠了，人也有些倦。

穿過整片橡樹林，又走了兩個小時，才到了「打尖包」。打尖是本地話，意思是吃便飯。見一個遊客坐在石頭上，捧著麵包大嚼。我們便也入鄉隨俗，吃了點東西。這時候走來幾個人，是昨天從花海子下來的登山隊。攀談一會兒，說本來打算登大峰，到底放棄了，有些路被雪封上了。天不好，再往前走，都沒什麼人了。

稍稍休息了一陣兒，已經到了下午。先前遇見的遊客要跟登山隊回日隆去，說屁股要給馬背磨爛了。英珠笑一笑說，大海子總應該要看一看，否則白來一趟了。

我們上了馬。這時候的陽光澄淨。經過藏人的白塔，上面插著五色的經幡與哈達。英珠停下來，站在塔前默禱。一頭鷹在不遠處的天空靜靜地飛翔，盤旋。牠的影子倒映下來，迅捷無聲地掠過前面的山崗和草坡。陸卓仰起頭，輕輕地說，「珀貴」。

當雪再次落下的時候，我們正走在青岡林泥濘的路上，幾乎沒有知覺。直到天色暗沉下來。貢布抬頭望了望天，說，壞了。

我們起初以爲不過是昨天天氣狀況的重演。但當半個小時後，雪在天空中開始打旋，被凜冽的風挾裹著打在我們臉上。我們開始理解了他說出那兩個字的分量。

遠處的山色已經完全看不見，好像被白色的鼓盪起的帷幕遮了個嚴實。這時候，馬開始走得艱難，魚肚縮著頸子，努力地與風的力量抗衡著。每走一步，腿腳似乎都陷落了一下。銀鬃使勁甩著頭，不再前行，即使貢布猛力地拉韁繩，也只是用前蹄在雪地踢蹬。雪很快就汙了，露出了泥土漆黑的底色。

我們遭遇了山裡的雪暴。

雪如此迅速地瀰漫開來，鋪天蓋地，密得令人窒息。英珠使勁地做著手勢，示意我們下馬。我們剛想說點什麼，被她制止。稍一張口，雪立即混著風灌進了喉嚨。我們把重物都放在馬背上，頂風而行。雪很快地堆積，已經沒過了腳背。貢布在不遠的前方對我們揮手，他身後是一塊很大的山岩。我們明白他的意思，那裡會是個暫時的避風港。

我們費了很大的力氣，走到了岩石背後，卻站住了。岩石背後，臥著兩頭野犛牛。一頭身形龐大。另一隻還很幼小，偎著牠，半個身體都覆蓋在了牠厚重的皮毛下面。牠們瑟縮著，被風吹得幾乎睜不開眼睛。但是，當大的那隻看到了我們，幾乎條件反射一樣，猛然站了起來，同時發出粗重的呼吸聲音。在牠凌厲的注視下，我們後退了一步。牠抖一抖身體，低沉地「哞」了一聲，向我們逼近了一步。銀鬃受驚一樣，斜著身體在雪地裡踉蹌了一下。

我們只有離開。

終於在半里外的地方，我們發現了一頂帳篷。走近的時候，一塊積雪正轟然從帳篷上滑落，讓我們看到它斑駁晦暗的顏色和一個很大的窟窿。我想，這或許是個登山隊的廢棄品，但對我們卻好像天賜。

我們掀開門簾，看到裡面已有兩個人。是一對青年男女，靠坐在一起，神情頹唐。看到我們，眼神卻如同剛纔的犛牛一樣警惕。在我們還在猶豫的時候，男的說，進來吧。

帳篷突然充盈了。英珠望望外面，對貢布說，讓弟娃進來吧。貢布出去牽了韁繩。當魚肚探進了頭，年輕男人很大聲地叫起來，馬不能進來。

英珠一愣，幾秒鐘後，她半站起來，對男的深深鞠一躬。我們聽到近乎哀求的聲音，先生，牠年歲很小，這麼大的風雪。

男人不再說話，將頭偏到一邊去。

我們靜靜地坐在帳篷裡，聽著外面呼嘯的風聲。這聲音如同落進了漩渦一樣，慢慢地遠了，消失了。周而復始。積雪漸漸厚了，在篷頂上滑落，簌簌地響。突然墜下，便發出轟然的聲音。這過程也令人心悸。雪混著風從帳篷的窟窿灌進來。年輕的女孩使勁打了個噴嚏。貢布站起身，在包裡翻找，掏出一塊毛氈，又從隨身的荷包裡取出了粗針與麻線，對我說，小夥子，幫個忙。在我的協助下，他將毛氈鋪在窟窿的位置，開始一針針地在帳篷上縫下去。

鬼天氣！青年男人惡狠狠地罵了句。

這成為陌生人對話的開始。我們於是知道：男的叫永，女的叫菁，從成都來，是和大隊伍失散的登山隊員。失散是因爲疏忽，疏忽是因爲沉溺於愛情。他們身邊擺著專業的登山設備，這會兒靠在帳篷上，狼狽地滴著水。

話題只是四個青年人的話題。消磨時光，無所不談其極。談時政，談足球，談熱播的電視劇，談各自城市的見聞，談明星的八卦。終於談到成都，這城市是我們見聞的交集。陸卓說，成都人太清閒，到處都是打麻將的。永說，就是太閒，又不想打麻將，所以來登山。菁抓緊了永的袖子，說，我倒情願現在有個麻將打。陸卓說，有副撲克打打八十分也是好的。

終於談到了吃。成都有太多好吃的。鐘水餃、龍抄手、賴湯圓、萬福橋的麻婆豆腐。在這談論中，突然感到了餓，前所未有的餓。

我把手打餅和犛牛肉拿出來分給大家吃。

肉已經完全冷了。但是風捲殘雲。

永舔了舔嘴唇，什麼肉這麼好吃？我說是犛牛肉。他說，以前真不覺得好吃。

貢布在膝蓋上敲了敲煙袋鍋，笑著說，餓肚穀糠化龍肉。

天光又暗淡了一些，已經快要看不見東西。永從旅行包裡掏出一隻應急燈。

打開，電已經不足夠，發了藍熒熒的光。忽閃著，鬼火似的。而風聲似乎更烈了。我們清楚地感到溫度在下降。我看見英珠卸下了馬鞍，將身上的軍大衣脫下來，蓋在魚肚身上。貢布扔過來一隻羊皮壺，說，青稞酒，爺們兒都喝上一口，身子就暖了。

我喝了，有點燒心。遞給陸卓。陸卓臉色蒼白，直愣愣地，也不動彈。我碰碰他，他才接過來喝下去，卻猛地吐了出來，然後開始乾嘔。他使勁地按著前額和太陽穴。我知道，是起了高山反應。這裡的海拔，差不多已經接近四千米了。

應急燈閃了一閃，突然滅了。帳篷裡一片漆黑。在這突然的死寂裡，我們看不到彼此，但都聽到外面的風愈來愈大，幾乎形成了洶湧的聲勢。帳篷在這風的撞擊下，也越發劇烈地抖動。好像一個顫慄的人，隨時就要倒下去。

有人啜泣。開始是隱忍而壓抑的，漸漸放肆起來。是菁。我們知道，她用哭聲在抵抗恐懼。但在黑暗裡，這只能令人絕望。

陸卓有些焦躁，開始抱怨。永終於大聲地呵斥，哭什麼哭，還沒死呢。

然而，短暫的停歇後，我們聽到的是更大、更由衷的哭聲，幾乎歇斯底里。

這時候，有另一種聲音，響起來。
極細弱的，是一個人在哼唱。
是英珠。
英珠唱起一支歌謠，用藏語。
我們聽不懂歌謠的內容，但是辨得出是簡單詞句的輪迴。
一遍又一遍。
旋律也是簡單的，沒有高潮，甚至也沒有起伏。只是在這帳篷裡縈繞，迴環，充滿。在我們心上觸碰一下，又觸碰一下。
我們都安靜下去。什麼都看不見。什麼也聽不見，除了這歌聲。
我在這歌聲裡睡著了。

醒來的時候，天已經大亮。
看見陽光從帳篷的間隙照射下來，溫潤清澈。
眼前的人，是英珠，靠在馬鞍上，還沒有醒。挨著她的魚肚，老老實實地裹在主人的軍大衣裡。牠忽閃了一下眼睛，望著我。
這才看到，英珠穿的不是初見她時顏色暗濁的衣服，而是彷彿節日才上身的華麗藏袍。黑色絨底袖子，紅白相間的腰帶。裙是金色的，上面有粉綠兩種絲線繡成的茂盛的百合。

我從包裡翻了翻，掏出在鎮上買的明信片。大雪覆蓋的巴朗山。又找出一枝鉛筆頭，在明信片的背面，我畫下了眼前的英珠。

魚肚低下頭，舔舔主人的臉。

英珠揉了揉眼睛。

她發現我正在畫她，不好意思地低下頭，撩一下額前的頭髮，拉了拉藏袍的袖子。

她笑一笑，說，有的客喜歡在山上拍照，我也算是個景。

臨近中午的時候，我們到達了目的地。看到了墨藍色的大海子，很美。

我們要離開日隆了。

瑞姊送我們去車站。問起英珠。瑞姊說，英珠回來就發起了燒，給送到鎮上醫院去了。唉，這麼冷，大衣蓋在個畜牲身上。

瑞姊歎一口氣：人都燒糊塗了，只管叫她男人的名字。

我突然想起什麼，問道，她男人是姓盧麼。

瑞姊愣一下，說，是啊。三年前的事了。兩口子本來好好地在成都做生意。她男人說要幫她家鄉辦旅遊，要實地考察，就跟我們一個後生上了山。那天雪大的。馬失了蹄，連人一起滾溝裡了。精精神神的人，說沒就沒了。那馬那會兒才下了駒沒多久，駒娃子就是魚肚。

大約是又過了幾年吧。極偶然地，我從一個民歌歌手那裡，問到了當年英珠在山上唱起的那支藏歌。

歌詞眞的簡單，只有四句：當雄鷹飛過的時候，雪山不再是從前模樣，因爲牠那翅膀的陰影，曾經撫在了石頭的上面。

威廉

威廉是老朋友了。

但到了溫哥華機場的時候，看到一個大鬍子的男人，遠遠地對我招手，還是有些發怔。我推著行李車，從他身邊走過去。

嗨，毛阿倫。

沒錯了，是威廉。這個世界上，只他一個，將我的中國姓氏和英文名字合在一起叫。

我停下，轉過身，迎接了一個熱烈的擁抱。威廉拍了拍我的肩膀，然後定了定神，看了我，說，啊哈，兄弟，你長大啦。

或許是吧，這幾年，多少經歷一些事情。有好有壞，都是要幫人成長的。

威廉其實並沒有怎麼變，還是興高采烈的樣子。大鬍子讓他看上去老成了一些，但是一開口，就又露了餡兒。

「嗨，我現在是不是比較像馬克思？」

我在心裡想，其實是像賓．拉登多一些。這時候，威廉的福特車突然間狠狠地跳動了一下。

威廉回過頭，抱歉地笑一下，說，二手的老爺車，總有些脾氣。不到一百哩，就想著罷工。

我也笑了，富二代像你這樣艱苦樸素的可不多了。

威廉又回頭，說，什麼代。

我說，富二代，就是廣東話裡的「二世祖」。

威廉輕輕「哦」了一聲。

我想起了什麼，終於問，你爺爺還好麼，我記得他喜歡吃雲片糕。給他帶了一些。

這時候車拐了一個彎，上了安大略街，一切開始變得熟悉。伊莉莎白公園的樹，還是濃密高大得很。樹蔭裡有許多松鼠的眼睛。

他不在了。爺爺兩年前去世了。

這回輪到我沉默下去。多少有些無言以對。爺爺曾是威廉最喜歡的話題，我記得因爲爺爺的緣故，他永遠用一口鄉音，把吃飯說成「呷飯」。

已經是晚上八點多鐘。溫哥華夜得很晚，天色還是明朗的。路上的人很少。馬路的一側，有幾個滑板少年，急速地經過我們，吹了一聲口哨。

酒店在伯納比西北。房間窗戶看出去，高斯山的輪廓很清楚。威廉把行李靠窗放下，說，這地方不錯。嗯，你確定不住我那裡？

我笑一笑，說，溫哥華太大，我不想時間都花在路上。

臨走的時候，威廉丟給我一隻手機，說，我的電話是快撥鍵，隨叫隨到。

晚上，J哥夫婦來看我。帶來很多的糕點，還有他們新生的嬰孩。這是他們第三個孩子了。J哥說，每生一個孩子，就在想我得多拍多少張照片來買奶粉。

我說，這倒是不錯的動力。

動力就談不上，大概也是時間太多了。這城市太舒服，會消磨人的意志。養老不錯，不太適合年輕人。記得Edward麼，已經去了多倫多。

Linda就指指J花白的頭說，就是，才四十多的人，提前進入退休狀態了。

J哥來加拿大前，是有名的新聞攝影師。一些大儒晚年的照片，都是出自他的手。我看到過的是錢鍾書、楊憲益。他太太便說，他是年輕時沾了太多的「暮氣」，未老先衰。

阿倫，這兩年在香港忙嗎？他們問。

我說，呵呵，這城市倒是很催人奮發。

J哥吐了一個煙圈，說，年輕人，還是忙些好。

酒店距離養老院很近，乘Skytrain大概只是一站路。這是我選擇住在這裡的原因。第二天的下午，我走進這座維多利亞式的建築。雖然老舊，卻沒有頹唐相。依牆種著挺拔的橡樹，也是有年歲的了。草坪上有些老人在曬太陽。溫哥華的陽光，七月份還是溫潤的。臨海，並不潮濕。空氣清澈，遠景近物都很清晰。

樹蔭底下，有個老先生對我招招手。我舉起那張「歸去來兮圖」的照片。他笑一笑。

我走過去。眼前的老人，不太能夠看得出年紀。身體似乎已經風乾了，裹在厚厚的毛線外套裡，更顯得單薄。眼睛卻明亮，沒有通常上歲數的人的渾濁陰翳。他握了握我的手，力氣也很大。

老遠就認出你來了。你和你爺爺的眉眼很像。他仔細地打量了我一下，皺一下眉頭，說，可是你怎麼這麼黑。

這是加州的烈日曝曬的結果。

你是毛克俞的孫子。他又笑一笑，把身體調整成一個舒服些的姿勢，滿意地瞇了瞇眼睛。

這個姓陸的老人，與我素未謀面。但是，當我收到他的信，還是很快地決定來看一看他。那封信裡，有我爺爺多年前一張畫作的照片。還有幾個青年人的合影，祖父蹙著眉頭，面目嚴肅。我不得不承認，除了憂心忡忡的神情外，我幾乎是他的翻版。

這幾年來，家族裡的老人次第凋零。祖父最小的七妹也已經年近九十。姑祖母總在敦促我爲家裡寫一些東西。然而，各種各樣的信札與照片，讓我更爲理不出頭緒。尤其是，祖父的求學時代是家裡人記憶的盲點。他的緘默與略微清冷的性情，或許使得很多的分享沒有了出口。留下的，只有一些和同窗的書信，也似乎是就事論事。

這陸姓老人，是祖父在杭州國立藝術院的同門。他寄來的合影背後寫著，想要和我說說「你爺爺年輕時候的事」。

現在我面對面和他坐著，面前擺著一杯清茶。他輕輕吹了吹茶杯上氤氳的熱氣。

我將照片放在他跟前，我說，爺爺的同學，現在都在哪裡。

他指一指天，苦笑了一下，說起來，到現在恐怕也只剩下我一個了。我沒別的，就是耐活。

我心裡一陣黯然。他倒是說，孩子，你年紀還小。壽數這回事，誰說活得長就是好呢。我們那一班，吃了苦的，都是活得長的人。李可染、蔣海澄，誰躲得過去。依你爺爺那個脾性，我看也是順當不了的。

威廉電話響的時候，我才想起來。晚上要去J那裡去，吃他孩子的「百日酒」。威廉說，那地方可不好去。我過來載你吧。

我說，不要了。我自己能找到。

他說，等你找到，人家孩子該睡了。

我坐在車後座上，沒有說話。

威廉說，那老頭兒是什麼人，知道你爺爺多少事情。

我說，應該知道很多吧。但也沒談出什麼。

威廉揮揮手，說，別灰心，小夥子。他這麼大的年紀，要給他一點時間。

我又拿出那張合影。在車燈微細的光線底下，爺爺的面色又哀愁了一些。

威廉對我伸了伸手。我說，專心開你的車。

他的手仍然伸著不動。我歎了口氣，遞給他。他看一眼，呵呵地樂了，說，阿倫，你們家的基因太毒了，你爺爺跟你長得一模一樣。不過，他老人家看上去可夠清高的。

我說，我覺得，他有些事情，沒有跟我說。

威廉說，什麼？

我說，陸老先生。我送了他一套爺爺的書。他說，當年我祖父在四川江津閉關，都在傳說他在寫一部書。但誰都不知道寫完了沒有。現在看來是沒寫完。我就說，那是四十年代了。他就沒有再說話。

威廉。我說。

怎麼？威廉把車燈打開。一隻野鴨出現在光束裡，倉皇地跳動了一下，飛走了。我這才發覺，天色已經暗沉下去。J住得真的挺遠的。我們在路上，已經走了四十多分鐘。

我說，沒事了。

大鬍子男人關上了音響。take me home, now country roads. 聲音戛然而止，沒過渡地，一下子冷寂下來。威廉踩了一下油門，你是想問我爺爺的事麼？

我想了想，說，我應該羨慕你，至少你爺爺一直在你身邊。

本來有的忽然沒了，不是更糟糕。威廉的聲音有點涼。

J夫婦等在門口，說，可來了。一屋子人都在等你。

威廉沒有下車，對我揮了揮手。

J很熱情地走過去，邀請他也上來喝一杯。威廉把車窗搖下來，J似乎愣了一下，然後寒暄了幾句，回轉了來。

我們目送老福特倒車，拐了個彎，消失在路的盡頭。J輕輕地問我，你怎麼認識盧威廉的？

我看了看他，說，老朋友了。在南京就認識。

Linda說，你這個朋友，前陣子的名聲不小。

J歎了口氣，說，什麼名聲，浪蕩子一個。

我站著沒有動，Linda拍了拍我的肩膀，說，進去吧，外頭有點涼。

J送我回酒店，已經是凌晨。

或許晚上說了很多的話，這時候就都沉默著。紅酒的勁兒上來了，微微地頭痛，睡意也濃重起來。

那個盧威廉，眞是你的朋友？

朦朧之間，我聽見J的聲音。我點了點頭。

他說，他的處境現在應該不太好。前陣子和他姑丈打官司，被溫哥華的華人媒體弄得沸沸揚揚。最後還是輸掉了。

我清醒了一些，問，爲了什麼？

J說，爲了他祖父的遺產。盧老先生泉下有知，看到子孫們這樣子，眞不知怎麼想。他一手打理起的家業，生意最好的時候，做到Dell百分之六十的主板供應商。本來盧威廉是他唯一的孫子，鐵定了繼承江山的。這孩子太不爭氣。

我說，威廉的爺爺很疼他。

他說，是，可惜養而不教。聽說到頭來，是給這個寶貝孫子氣死的。盧威廉一直都沒有結婚，跟一個有夫之婦攪和在一起。你知道，福建出來的人，還是很傳統的，哪裡丟得起這個人。

酒店前臺有留言。我一看，是媽媽打過電話來。就打回去。

媽媽問起和陸先生談得怎麼樣。我也說不出什麼。

媽媽就說，別著急，就當替爺爺看看老朋友吧。幾十年前的事了，原本也不能抱什麼希望。見到威廉了？

我說，嗯。

媽媽的情緒似乎好起來，說，這孩子，很多年沒見了。應該長得很大了吧。胃口還那麼好麼，呵呵。

我突然覺得有些煩躁，我說，媽媽，他已經不是孩子了，留了一臉的大鬍子。

媽媽愣一愣，輕輕說，你們在大人心裡，永遠都是孩子。

我和威廉認識有十年了。那時候，有人跟爸爸說，亞美中心的郁教授新收了一個研究生，加拿大人，想練口語。讓他和你們家毛果做語言夥伴吧。

當我如約而至，看見中心大廳裡，有個穿唐裝的年輕人，坐在紅木沙發上，手裡捧著一本《說文解字》。

現在回想起來，這一幕有些矯情。這個年輕人就是威廉。

我說，原來你是中國人。

他微笑了一下，說，No，準確地說，是華人。

我說，好吧，你在看《說文》。

他合上書，攤了攤手，說，其實看不大懂。不過，聽說你是讀中文的，怕被你瞧不起，就擺擺樣子。

我一時無語，想一想還是問：那你是讀什麼專業的？

人類學。他說，Anthropology.

很快我發現，威廉是個好為人師的人。基於專業立場，他大概用了幾個星期，跟我探討史前尼安德塔人在地球上的消亡之謎。他的中文十分流利，並且帶有濃重的台灣腔。而且，是台南腔。這個並不奇怪，他的第一個中文老師是個在屏東長大的台灣女人。為了扭轉這一點，我送給他一些趙本山小品的VCD，並且取得了立竿見影的效果。一個月後，威廉的普通話已經洋溢著一股濃郁的黑土地的味道。

後來我們的交流，多與文化無涉。威廉是個電玩遊戲愛好者，我於是順理成章地成爲了他實踐新遊戲的玩伴。偶爾也有舊遊戲，比如《三國志》，可以被一廂情願地理解爲中國古典文化的精髓。有一段時間，他特別熱衷於逛夫子廟，徜徉於那些人工的風雅和惆悵裡頭，在有些汙穢的秦淮河上想像一下六朝的槳聲燈影。然後買了一堆廉價的紀念品，和我炫耀他討價還價的技術。總之，他膚淺與天眞地理解中國，並且，以強大的帶動力，把我從一個文化引領者的角色拖下了水。

總的說來，這是個不錯的朋友。特別是他隨和的脾性，凡事都是無可無不可。其他方面似乎也無從厚非，除了偶爾抽抽大麻。這一點我父母一直不知道。這太容易讓一個年輕人貼上「壞孩子」的標籤了。

所以，我母親對威廉保持著很好的印象。她想當然地認爲，這半年我的英文已經在這個年輕人的幫助下取得了長足的進步。

這一年中秋的時候威廉被邀請來家裡吃飯。

其他的的確記不得了，只記得他吃得很多，而且幾乎是風捲殘雲的方式。讓我們這個作風略微矜持的中國知識分子家庭開了眼界。媽媽說，這孩子，還眞是不認生。威廉非常有禮貌，每端上一道菜就及時地讚美，對媽媽的廚藝有近乎過譽的評價。這一點在媽媽的烹飪史上是前所未有的事情，並很博得了她的歡心。

威廉說，Aunty，爲什麼你的菜可以做得這麼好吃。

媽媽謙虛地說，並不是阿姨做得好吃，而是你吃慣了你媽媽做的菜。

威廉的筷子停住了，臉上的表情突然有些發僵。

在沉默的一剎那，他突然又綻開了一個燦爛的笑容，用請求的口氣說，Aunty，你可以再爲我炸一些薯條嗎？

很久以後，我們才知道，威廉兩歲的時候，父母在一場車禍裡雙雙去世。他由他的祖父撫養長大。

冬天的時候，威廉去韓國參加一個留學生交流團，認識了來自哥倫比亞的克莉斯蒂。克莉斯蒂是個小鳥依人的拉丁裔女孩，成爲了威廉的女朋友。

有一天，克莉斯蒂打電話給我。猶豫了一下，說，阿倫，我覺得威廉不很愛我。

我說，爲什麼。

她說，我曾經以爲我和他是一見鍾情。

我說，你們是一見鍾情。在見到你之前，他在南京做了一年多的單身漢。

她說，阿倫，我可以給你看一些東西嗎？

坐在我對面的克莉斯蒂，看上去有些局促。「貓空」咖啡的大玻璃窗，把早春的陽光濾過，照在她臉上，白慘慘的。

我無意中看到了這個，真的，真的是無意的。她說。

我接過克莉斯蒂遞過來的信封。是一封航空退信，信上寫著「查無此人」。她示意我打開。裡面是幾張信箋，上面有亞美中心的抬頭。我立即認出是威廉的字跡。威廉只寫漂亮的圓體字。這種沒落優雅的英文字，只屬於「遺少」威廉。信是寫給一個叫「Tina」的人。

你要知道，我並不是個古板的女孩。克莉斯蒂垂下眼睛，手指機械地動作，將空掉的咖啡糖包紙繞成了一只環。

從我父親開始，我就知道男人靠不住。我並不在意，但是，他，我是說威廉，讓我覺得不踏實。我經常不知道他在想什麼。好像總是在走神。即使在做愛的時候，我也覺得他記掛著別的事情。對，有回我們在床上，他對我說，你知道嗎，你的左右臉五官並不對稱，如果把你的左臉複製到右臉，你就成了一個陌生人。可是，不是每個女孩兒都願意在那種時候聽到這樣的話。

克莉斯蒂摸了一下自己的面頰，突然打住了。她抿一抿嘴唇，似乎爲自己的滔滔不絕而難爲情。這是個平時話很少的女孩。何況此前，我們還沒有成爲可以推心置腹的朋友。

我開始讀那封信，很快意識到，這和去年夏天威廉的泰國之行相關。他也向我提過這個叫蒂娜的女孩，是普吉島當地的一個妓女，只有十九歲。威廉對我很信任，向我描述了和這個女孩共同度過美好的三天。他認爲這是年輕男人應談論的話題，況且也沒覺得有什麼不可說的。威廉說，從淵源上來講，這是中國文人最風雅的一部分。從杜牧到柳永，十年一覺揚州夢，最好睡不醒。

這或者是威廉中國通的一個確鑿體現。但是，問題是，這封信裡，並沒有我預期的迷戀或者追懷。這是一封完全缺失感情色彩的信。確切地說，我好像在讀一張產品售後服務回訪表。

在這封信裡，威廉高屋建瓴地談了他對泰國煙花工業的考察與認識。大到對國家產業結構的影響，小到對具體設施的建議。然後，他以條列的方式指出蒂娜工作中的不完善之處。比如，英文咬字的含糊與發音的粗魯；比如，在做愛的過程中愛說題外話，並總是忘記關掉手機；又比如，總是選擇太過主動的體位，而令男人缺少了發揮的機會。甚至於，在接吻的過程中，威廉注意到她的舌苔太厚，而推薦給她一種新加坡產的中藥茶。

在信的結尾，威廉說，你有很好的前途，足以吸引到更多的男人。但是，你需要表達出更多母性的東西。你知道，每個男人，無論他多麼強大，心裡都住著一個孩子。

在這句稍有詩意的話後，威廉寫，你知道，我是「恨鐵不成鋼」。這五字成語，威廉加注了中文。我想起，威廉曾經問過我，如果對一個人希望很大，但這人卻讓他很失望。應該怎麼說？我說，恨鐵不成鋼。

我讀完這封信，也有點不知所措。克莉斯蒂小心地看了我一眼，然後輕聲說，你是不是也覺得……有點兒變態。

我說，你希望我找威廉談談嗎？

女孩歎了口氣，然後說，不，不用了。他應該不知道這封信在我這兒。我，我只是想找個人說說。謝謝你，阿倫。

克莉斯蒂並沒有和威廉分手。這一年的五月，一個燥熱的下午。我看見他倆出現在一支遊行的隊伍裡。凌晨的時候，中國駐南聯盟大使館遭北約轟炸。下午高校學生就組織了抗議遊行。國際友人的聲援，是被歡迎的。威廉頭上纏著白色的布帶，T-Shirt用紅漆寫著「打倒NATO」，正在振臂高呼。克莉斯蒂牽著他的衣襟，默默地跟著往前走。這兩個黑頭髮的人，在這熾烈的隊伍裡，並沒有一絲突兀。

因爲這件事，威廉受到了亞美中心一部分留學生的抵制。當然不乏有另一些將他當作英雄。但是，在這個時候，他選擇了離開。

克莉斯蒂再沒有充足的理由跟著他了。

現在，威廉一邊開著車，一邊談著這些往事。用舉重若輕的口氣，好像事不關己。

他甚至談到那封信。他說，那是年輕時的想法。如果，將性看作一種產品，那麼就如同買一包菸一樣。阿倫你不覺得，這個世界太缺乏系統了嗎。只有一個假的秩序，隨時都會崩潰。

威廉，你想過自己的未來麼，比較確定的？我問。

威廉搖搖頭，說，我比較能夠確定的，是你的將來。如果不出意外的話。大概會是個中產階級的穩定生活，而且持續下去。

老福特在養老院門口停下。輪胎在沙地裡摩擦出清晰粗礪的聲響。威廉沒有說多餘的話，倒車，拐了個彎，消失在視線裡。這幾天，他每天早上去酒店接我。載我一程，就繼續向西開過去。他告訴我，這裡是去C大學的必經之途。對於威廉和C大的聯絡，我知道的是，那是他的母校。威廉兩年前在那裡拿到了學位，歷史學博士。

陸老先生今天的氣色，似乎不很好。

我幫他拉開了窗簾，然後把輪椅的靠背直起來。他將一個暖手袋從毯子底下抽出來，緊了緊蓋子，又塞進去。

他垂了一下眼皮，用很小的聲音說，小夥子，有時候，真覺得活下去沒什麼意思。

我一時之間，不知道怎麼應答。這時候，一個護士走進來，將兩顆藥放在他手裡，看著他就著水吃下去。

一些水從他的嘴角邊流下來，順著下巴滴到圍巾上。

我問，哪裡不舒服？

他抬起頭，讓護士給他擦了擦嘴。然後對我說，胃氣。

護士說，可能是昨天吃了太多的紅豆粥……

陸先生搖搖頭，說，是老毛病了。年輕時候就這樣。那個時候，什麼難受都可以忍。現在忍下去，不知道有什麼意思。

護士嘴張一下，沒有再說話。拿起空杯子，走掉了。

陸老先生闔上眼睛，很久。窗戶外面有不知名的鳥的叫聲，急促而婉轉。聽起來是有盼望的。鳥似乎在樹叢裡，但是樹葉太茂密，什麼也看不見。

轉過頭，發現陸先生正看著我，精神似乎好了一些。他長舒了一口氣，說，年輕多好。

我問，您好些了嗎？

他點了頭，說，這些西藥，其實不很濟事。有個土方子，是管用的。用陳皮泡水。可是，這些洋鬼子，哪裡懂得醃陳皮。

我說，嗯，我知道，這是我們南方的方子。

是，是你們南方人教給我的。可是這人也不在了。他抬起頭，我順著他眼光看過去，看到書架上擺著一張照片。上面是個清秀的女人，衣著還是老舊的樣子。

是您太太？我問。

他點點頭，說，我唯一的親人，我幼無父母，老無子女。

這話是被他微笑著說出來。聽的人卻不好受。我說，上次您交給我的那些信，我複印了一份。這些還給您。他仍然掛著笑容，說，你留著吧，我也帶不走。

我拿出那只信封，小心地將有些發脆的紙頁取出來，展開。對陸先生說，有幾張照片，時間似乎不大對。這張，應該是您去了法國之前拍的吧。您看，就是這張。

照片上三個青年人。中間是我的祖父，穿著有些臃腫的黑色長袍，背著手，面目是慣常的嚴峻。旁邊是陸先生，手裡拎著一隻行李箱，眼神有些散。還有一位更年輕，卻也沒有意氣風發的樣子。

背景很模糊，看不清楚，只辨得出一角黛青色的屋頂輪廓。

陸先生接過照片，扶一扶老花眼鏡，想要看得仔細些。

他的手，抖了一下。

他將照片擱在自己的膝蓋上，說，時間是對的。我從法國回來過一次，最後一次回中國。

哦？我問，是回來探親？

他猶豫了。取下了眼鏡，握在手裡，沒有聲音。許久後，輕輕地說：奔喪。

外面傳來硬物點擊在地板上的聲音，漸漸清晰。大概是一根拐杖，艱難地挪動。聲響由遠及近，經過我們的門口，然後又慢慢地萎縮，消失在空氣裡頭了。

其實，這張照片可以不拍，都沒有心情拍。可是，如果不拍，就再也沒有機會了。

陸老先生又將那張照片舉起。正午的光線照射進來，照片也跟著明亮起來。人的臉色，似乎也明朗了。

他說，毛果，你把那張相拿過來。

他指一指書架。我走過去，將這張照相取下來。相框是包銀的，摸上去，一陣涼。

陸先生揭起膝上蓋的羊毛毯，用手指捲起一角，擦了擦相框上的玻璃。擦得很輕，似乎怕弄疼了照片上的人。他的目光也變得溫柔。他把照相遞給我，然後說：

好好看看，她本來應當做你的祖母。

我猛然抬起頭。

陸老先生正含笑看著我，表情平和，彷彿是在問我是否吃過早餐。

照片上的女人，有光潔的額頭。很瘦，蒼白著臉。嘴唇卻很豐潤，笑意藏在唇角裡，人就生動起來了。

陸先生又撫摸了照片，說，也是六十多年前的事了。

說起來，讀書那會兒，我和你爺爺交情很深。他長我三歲，又是班長。大小事都很照顧。你爺爺面相冷，性情其實是很好的。我一個人從北京來，年紀又輕，可以說是什麼都不懂得。就是想學畫。

全蒙他幫帶，功課才會上去，他是我的半個老師。

我說，爺爺留下的東西裡，沒提到過您。

你們家應該有一些署名L.C的畫稿，那是我畫的。

你爺爺好金石，是西泠印社的常客。雖然是青年，卻很受禮遇。有些楹聯酬唱的機會，他也會帶上我。我也很樂得去見世面。

有一回社慶。我們去了，坐下不久，就有了年輕小姐過來。問我們哪位是毛先生。你祖父回了禮。她說，謝謝您捐的印譜，戴本孝的這一方，我是喜歡得很。我是初學，將來要多向您請教。

你祖父只點了頭。我卻留了心。這小姐身形單薄，談吐卻是颯爽的樣子。也並沒有多說話，只說是姓吳。

回來路上，又說起。你祖父就說，這吳小姐是個女才子，聽她品鑑惲壽平的「問花阜」，很有見地。我就說，聽說她是吳隱吳先生的親戚，正在中央大學讀國文，過來杭州過暑假，也在社裡幫忙打點。

後來，我們去印社就勤了些。我知道你爺爺對吳小姐有好感。可是你知道他的性情，不會說出來。而我，這時候就很受煎熬。「愛」這個東西，是不容人的。

到了夏末的時候，吳小姐找到我，遞給我一封信。請我轉給你祖父，並說她開學，就要回南京去了。

我走到路上，恍惚得很。看那信封上，沒有別的字。只有一方印鑒，篆著「思閱」，是吳小姐的字。我終於打開信。信不很長，意思卻十分明白。吳小姐明天下午三點的火車，希望你祖父去送她。她有些話要說。最後的落款下面，又是一方鑒，辨得出是「不負金陵」四個字。

那時候的我，是比你現在還年輕。絕望之下，我在白堤上走來走去。走到最後，把信放進了衣兜裡。

第二天下午，我去了火車站。告訴吳小姐，你祖父有急事來不了，托我代致問候。我到現在都記得她那一刻的眼神，突然就暗了下去，死灰一樣。

以後，我就給她寫信。開始，是贖罪的心。慢慢地，也就坦然了。因爲她，我又去了南京。這時候，你祖父已經知道了我們的戀愛關係。也沒有多話，還寫了信給南京的親戚，讓我寄宿在他們家裡。

後來，我們結了婚。當天晚上，我就將這件事和她說了。她也沒有說話，好像原諒了我。

我們結婚第二年，我通過了公費去法國留學的考試。拿到通知書，心裡躊躇得很。因爲她已經有了身孕。我實在不知道該怎麼辦，心裡痛苦。我借著酒勁兒，跟你祖父說，不去法國，我會死。求你能照顧她。

第二天，我知道你祖父接受了中央大學的聘書。我清楚，那是他最不想去的地方。她已經在中央大學留校，在圖書館做管理員。

去了巴黎半年，有天夜裡接到電話。我還記得，是凌晨四點。是個男人的聲音，告訴我，吳思閿已經不行了。難產。

我不記得我當時的心情。大概什麼心情也沒有了吧。我就記得我先坐火車，在義大利的拿波里上了船。

我甚至沒有等到她的葬禮。我是她的丈夫。

她身邊沒有離開過的男人，是你的祖父。

在火車站的時候，我什麼都不記得了。我只記得，快要上車的時候，我腿下一軟，跪在了你祖父面前。

你祖父扶起我，說，男兒膝下有黃金。

在這也幾十年了……我再也沒有過家庭。不是不想有，是我不配。

陸老先生拿起那張合影，放在膝蓋上。闔了眼睛，頭也往後仰過去。

這時候，外面的陽光令人目眩，有一道光斑正照射在陸先生的臉上，抖動了一下。那是樹的影。

四周圍很安靜，安靜得恰到好處。

我說，陸爺爺。

陸老先生沒有應我，只是艱難地抬起頭。他將那只相框後面的起釘掰開，從裡面抽出一張紙。說，你拿去吧，替你爺爺收著它。

這是一張發黃的信紙。上面是十分娟秀的楷書。印鑒已經暗沉，蓋得很用力，滲透到了紙張的背面：「不負金陵」。

我走出養老院的時候，遠處隱隱地傳來爵士樂的聲音。這聲音老舊而熱鬧。聽得出，是Louis Armstrong的*Hello Dolly Live*. It's so nice to have you back where you belong. 是六十年代的興高采烈。

我撥通了威廉的電話。

威廉的聲音有些懶。他說，嗨，小夥子。

我問他在哪裡。

他說，我在海邊曬太陽。

我說，你不是在C大嗎？

他開始「嘿嘿」地笑。笑得讓我不知所措。威廉說，我大概沒對你說過，C大除了有北美最大的人類學博物館，還有一個很棒的海灘。

我說，威廉，我有些話要對你說。

他說，那就過來說吧。你整天窩在舊房子裡，也應該曬一曬，去去黴濕氣。

Broadway，坐上巴士。搖搖晃晃地快要睡著，大約過了二十多分鐘，公路兩邊出現了高聳的樹。我打了電話給威廉。他說，快到了，過了Pacific Spirit Park，就是校區。景致的確和downtown不同，多了一些田園味，像是個獨立的小鎮。終點站就是C大，University Loop。這校園是當公園建設的，闊大整齊。沿著University Blvd，建築與宿舍，有了年紀，但並不顯舊。大約因爲四周的設施清新，都有些返老還童的意思。說起來也算是十步一景，只是沒太多觀光的心情。

在Marine Drive上頗走了一段。走得有點疲，就跟一個中年人問路。他熱情地作了指引，甚至往前帶了我幾步。臨了教授模樣的男人和我握手，讓我enjoy下午的好時光。

這就看到威廉說的去向海灘的入口。幾個年輕人正停下單車。他們背著背囊，上面掛著大瓶的蒸餾水。一個亞洲面孔的青年，手裡轉著一隻色彩明豔的沙灘排球，問我要不要加入。我說，我要找我的朋友。他說，等會兒帶你的朋友一起來，人多比較好玩兒。

我就跟著他們一起往下走，邊聊一些閒話。地勢很陡峭，鑲了原木的階梯，掩在密匝匝的樹林裡。路長而曲折，因爲風景好，卻並不很沉悶。沿路有一些手工粗豪的木凳，靠背上卻雕著精緻的圖騰和原住民的臉。

海灘漸漸看見了，卻是赤灰色，有些發髒。一個鑲了鼻環的女孩，歡呼了一下，把背囊向沙灘的方向扔過去。這時候，沒有了兩旁的濃蔭，陽光突然烈起來。我眼前晃了一下。再睜開，看見兩個中年人走過來。先生挽著太太的手，是很恩愛的樣子。但是，眼前的一幕還是對我造成了打擊。他們身無寸縷。太太只戴了一頂粉色的巴拿馬草帽。稍顯走形的背影，也已被豔陽曬成了粉紅色。我一時之間，有些發愣。

這時候，電話響起。威廉先是在那頭放縱地笑了好一會兒。然後說，小夥子，別發呆了，我看見你了。往南走。下來，一直往南走。

沙很厚，但是粗礪，很扎腳。我把涼鞋脫下來，拎在手裡。沙就滾燙地鑽進腳趾縫裡去。

橫七豎八地擺放著粗大的原木。有一些招展的顏色熱烈的布幔，在海風裡鼓蕩得好像萬國旗。

除此之外，景致與大部分的沙灘並沒有兩樣。只是這海灘上大部分的人，全身赤裸著。或臥或站，談笑自若。

幾個孩子斜刺著跑過來，一個兩三歲的男孩搖搖晃晃地，撞到我身上。年輕的母親走過來，抱起孩子，對我說抱歉，聲音很甜美。我低著頭，這時候有大聲的呼喊解救了我：hey，阿倫，我在這裡。

威廉遙遙地朝我揮手，手裡舉著一隻啤酒瓶。我走過去，發現他身邊還靠著一個棕色頭髮的女人。自然，兩個人都沒有穿任何東西。我一時有些尷尬。我說，威廉，這……這是什麼地方。

威廉正在招呼一個小販。小販在脖子上掛著一隻便攜的冰箱，身上卻也是一絲不掛。威廉說，夥計，再來瓶啤酒。對，這個牌子。

威廉用牙將啤酒瓶啓開，塞到我手裡，大聲說，Wood Beach歡迎你。

我突然意識到。這裡是朋友說過的天體海灘。只是沒想到，深藏在加西的第一學府。

女人戴著墨鏡，對我頷首微笑。我沒有理由不正視她。威廉將她的手握得緊一點，說，我的女朋友，路易莎。這樣介紹你們見面，是不是有點情調特別？

我感到自己笑得有些勉強，說，是，有點特別。

威廉說，不過呢，你在這裡不應當太特別。小夥子，學著釋放一下自己的身體吧。這是個美好的地方。

別難爲你的朋友了。路易莎的聲音很好聽，是淳厚的女中音。這時候她摘下了墨鏡，原來是很溫柔的灰色眼睛。她說，這裡，穿與不穿都是optional。所謂的自由，就是多了一點選擇而已。

威廉笑笑說，阿倫，像《圍城》說的，你可以選擇「局部眞理」。

我說，好吧。我脫了T-shirt和牛仔褲。還是留下了底褲。這是一條被香港人稱作「孖煙囪」的底褲。式樣老土，引起了威廉的嘲笑。我也只有認了。

身後響起口哨聲。是剛才同我取徑而下的那群年輕男女，這時候已經搭了網，打起了排球。他們正在西方人的好年紀，身體的確都是很美的。況且動靜之間，沒有一絲造作，渾然天成。

遠處有些嘈雜，有個男人慷慨激昂，站在赤裸的人群中。威廉說，總是有人把這裡當作演說台。近旁，就有很渾厚的男聲，擊一下掌，說：No Politics!

我身邊一對老年夫婦。老先生很認眞地在給妻子塗防曬油。他們很老了，肌膚鬆垮，有些頹敗。表情並不頹唐，是祥和生動的樣子。

這時候，我已經和路易莎談了許多。由香港說到南京。路易莎談起了張純如。她說她曾經見過張，她懂得這女人和這城市間血脈一樣的聯繫。老先生聽了，突然停止了動作，對我說，南京是個讓人願意爲它付出的城市。他們的第一個孩子生在南京，也死在南京。那眞是個令人窒息的年代。但他們印象中，這城市是完好的。

威廉撥弄吉他，唱起了一支歌，是Sting的*Field of Gold*. 我們都停止了交談，靜靜地聽他唱。聽著聽著，唱到「愛人如西風而動」，路易莎輕輕地和上去。聲音交纏。這時候太陽也收斂了，海風吹過來，將這聲音漾到很遠的地方。

在光線底下，路易莎看得出一些年紀了。她的美，並不是柔美，而是一種健壯堅強的美。她與威廉依偎著，頭髮與威廉的大鬍子融爲一體。一時間讓我感覺，彷彿是當年的藍儂與大野洋子。六十年代的陳舊畫面，同樣的赤裸依偎。

這時候，我聽見威廉清晰地說，阿倫，人不應該背負這麼多東西。

我們在一間希臘餐廳吃了晚飯。路易莎先走了，說要去她父母那裡。

威廉問我說，願不願意陪他去接個人。

我說，好。

在發動引擎的那一刹那，威廉說，我很愛她。

她是我導師的女兒。威廉說，比我大八歲。我願意爲她放棄婚姻，我指的是，他們希望的婚姻。

車在愛德華王道上開了很久，我和威廉都沒有再說話。

大約十幾分鐘後，在灰紅相間的民居停下。柵欄後的一條黑狗開始狂吠。威廉下車，拉開木柵門。狗跑過來，他輕輕拍拍牠的頭，說了一句什麼。狗變得很安靜，繞著他的膝下兜起了圈子。

這時候房門打開，一個年輕女人出現，身前是個戴著藍色貝雷帽的小女孩。女孩向威廉跑過來。威廉和年輕女人說了句什麼，然後是道別。威廉抱著小女孩，向車走過來。

小女孩在我身旁坐下。威廉幫她取下了帽子，扣上安全帶，說，Snow White，乖乖坐好了別動。

女孩很安靜，她好奇地張望了我一眼，眼神又躲開去。

我對她笑一笑。這時候，威廉將車燈調得黯了些。我還是看清楚了她的臉。這是個漂亮的孩子，皮膚異乎尋常的白。額角的部分，幾乎可以看見藍色的血管。然而，她的頭髮與眉毛，也是白色的。頭髮十分豐盛，雪一樣堆積在肩頭。

她瞇著眼睛，和我對視。短暫的陌生之後，突然也笑了，很甜美。她的瞳仁，是極淺的石青色。

Hey，蒂芙妮，今天乖不乖?威廉邊開車，邊問。

女孩沒有答他，手指開始撚起我背包上的一隻登山索。威廉笑了，說，這孩子喜歡你。她平時是很怕人的。

蒂芙妮，記得爸爸跟你說過阿倫叔叔嗎。爸爸在中國的好朋友。

我和這個叫蒂芙妮的孩子同時抬起頭。

蒂芙妮輕輕地重複：阿倫……中國。「中國」二字，我聽到她用國語說出來，發音十分標準。

威廉說，寶貝兒，我們邀請阿倫叔叔來家裡作客好不好？

蒂芙妮低著頭，嘴裡還在重複著「阿倫」、「中國」兩個詞。同時手指努力地動作著，似乎想將那只登山索打開。

我輕輕將登山索拆鬆了。蒂芙妮順利地拉開了它，然後抬起頭，眼裡閃著光芒，對我笑。笑得很好看，露出兩隻小虎牙。

我說，她會說中文？

Hey，蒂芙妮。我們給叔叔表演一段繞口令，你最喜歡的那段。後視鏡裡看得到威廉的眼睛，裡面有一種溫柔。

女孩兒坐坐好。神情似乎也嚴肅起來，開始認眞地念起一段繞口令：

扁擔長，板凳寬。板凳沒有扁擔長，扁擔沒有板凳寬。扁擔要綁在板凳上，板凳偏不讓扁擔綁在板凳上。

她念完了。儘管念得很慢，但是十分清晰。威廉說，阿倫叔叔給我們鼓鼓掌啊。

我於是使勁地拍起了手掌。

然而，女孩並沒有停止，再一次念起了這段繞口令。她直視前方，目光冷靜，嘴唇柔軟地開合。看樣子，並不是爲了博得更多的掌聲。

當她重複到第五遍的時候。我終於輕輕地說，蒂芙妮……

威廉回過頭，用眼神制止了我。

蒂芙妮面無表情，將這個扁擔與板凳的故事重複下去。我無聲地看著她，突然意識到，這孩子像是一架開了馬達的機器，無法停止。

車開進一條人煙稀少的窄路。周圍變得很安靜，這時候，只剩下有些發顫的童音，一遍又一遍地迴響。不知爲什麼，我突然感到心底一陣涼。

蒂芙妮終於累了，聲音慢慢變得微弱。她蜷了一下身體，靠在我的膝蓋上，睡著了。

「我的女兒。」過了好一會兒，威廉說。

我說，嗯，沒聽你提起過。

是我和前女友的孩子。威廉的聲音很平靜。我們分手以後，決定把這個孩子生下來。雖然，生得不是太好，是嗎？

我說，你教會她說中文。

嗯。威廉說，會比一般孩子艱難些。但是她說得不錯。

蒂芙妮輕輕顫抖了一下，或許是因爲作了一個夢。我撫摸了她雪白的頭髮。每個星期，我會接她到家裡來過週末。我沒辦法得到孩子的監護權。我和她母親分手的原因，是發現了我藏在洗手間水箱裡的一包可卡因和針管。

威廉頓一頓，也因爲這，我們討論過要不要生下孩子。

車上了三十三街，因爲前面交通阻塞。問起來，說是一棵樅樹倒下，橫在了馬路上。大概是樹齡太老，樹幹裡已經朽蝕得厲害。

威廉倒車，準備改道。嘴裡說，這麼大的樹，最好不要浪費，可以用來做市政廳的聖誕樹。

這樣到了威廉的居所，天已經很晚。隔著車窗，看到這房子的輪廓，我還是有些吃驚。對一個單身漢來說，這房子大得不合情理。然而，即使在夜色裡，還是能看得出頹敗來。

蒂芙妮沒有醒。威廉抱著她，輕手輕腳地在前面走。我們踩著一地的樹葉，沙沙地響。一隻貓突然從樹叢中鑽出來，發出淒厲的一聲叫。

威廉打開門，貓也跟著走進來。

屋裡是中西合璧的格局。黃花梨的圈椅上擺著中東風的靠墊。壁爐上有一台紅木的座鐘，這時候「當」地響了一下。還算整齊，只是沙發附近散落了一些報紙，被門外的風吹得捲起了邊。威廉把蒂芙妮放在沙發上。又稍微收拾了一下，讓我坐下。

這時候，剛才那隻貓坐在了報紙上，眼睛愣愣地盯著我。我看出來，這是一隻品種很好的暹邏貓。然而毛色雜亂，大概很久沒有人打理了。

我說，這是你的貓嗎？

威廉遠遠地探一下頭，你說龍寶嗎？是我爺爺的老夥計。爺爺過世後，它就不怎麼回家了。今天大概是故地重遊。

威廉舉著一瓶Ice Wine和兩只酒杯，讓我招呼自己。然後轉身又離開，聽得到他在廚房裡翻找。

再回來，手裡拿著一只鯖魚罐頭。他一邊用起子開罐頭，一邊說，夥計，過期了三天，希望你別嫌棄。

龍寶試探著走過來，聞一聞，並沒有嫌棄，一陣狼吞虎嚥。

威廉彎著腰，眼睛定定地看牠，輕聲說，你還知道回來。

他伸出手，想要拍拍牠的背。然而，龍寶顫抖了一下，忽然跳開去，跳到沙發靠背上，喉嚨裡發出可怖的咕嚕聲。尾巴也豎起來，旗杆一樣。

威廉仍然彎著腰，靜止著，手也保持著剛才的姿勢。眼睛裡已黯淡得很。

這樣相持了幾十秒，龍寶一躍而下，快速地從門口奔跑出去，消失在夜色裡。

威廉後退著，慢慢挪到沙發跟前，坐下，是頹然的樣子。

這時候，蒂芙妮醒了。

威廉走過去，抱起她，要帶她去睡房。女孩兒惺忪著眼睛，但是沒有忘記掙扎。她從父親身上滑下來，走到我身邊，蜷起膝蓋，望著我。

威廉說，好吧，寶貝兒，那爸爸去忙一會兒。你來陪阿倫叔叔。

威廉從壁爐上拿了一盒跳棋。

我想這還不錯。對於哄小孩兒，是需要心得和經驗的。

我選了藍色的棋子，蒂芙妮把紅色的棋子一粒一粒地擺在面前的格子裡。

威廉走之前，打開了牆角的電唱機。這機器樣式老舊，鐫著流雲一樣的圖案。唱片轉動，發出哧哧的聲響。好像年邁的人咳嗽時胸腔裡的共鳴。音樂浮現出來，*From the New World*，德弗札克若干年前的懷鄉曲。這時候，聽起來沉厚持重，也是老邁寂寞的。

我愣著神，低下頭。蒂芙妮已經擺好了棋子，老老實實地坐著。雪白的頭髮，發著淺淺的藍色光芒。

我說，蒂芙妮，我們開始吧。

然而，我很快發現，蒂芙妮走棋，並沒有規則可言。或者說，她的規則，就是跟隨。在我走出一步的時候，她就將她的棋子跟在後面。前後左右，亦步亦趨。

當我跳棋的時候，她開始不知所措，好像突然被拋棄了。我只好又挪了一顆棋子到紅色棋的邊上來。

然後，就是又一輪的亦步亦趨。

這是沒有進展的棋局。

然而，蒂芙妮是樂在其中的。她走一步，就看一看我，眼裡有光。

不知什麼時候，威廉站在身後。

他看看我們，笑一笑，並沒有多說話。只是換了一張唱片。

音樂響起。

大段的鋼琴獨奏，然後出現大提琴與洞簫，沉鬱回揚。若隱若現的鼓點，也不是西洋風。幾種樂器，此起彼伏、纏繞。魔一樣的韻律。

蒂芙妮很安靜，沒有動作。過了一會兒，她伸出胳膊，說，爸爸。

威廉走過來，彎下腰，抱起蒂芙妮。蒂芙妮的手勾住父親的脖子。威廉說，寶貝兒，跟叔叔說晚安。

蒂芙妮抿一抿嘴唇，將頭埋在父親的肩頭。只看得見一叢銀白的頭髮。

我終於有些好奇，撿起唱片封套。是一個女人的側影，看不清面目，但輪廓清朗。標題是《木蘭》，作曲者是陌生的名字。

威廉說，這孩子，終於肯睡了。

Vivian Lee是誰？我問。

威廉說，蒂芙妮的媽媽。說起來，這張黑膠唱片算是我們的定情信物。也是她唯一的作品。

我說，是好音樂，她很有天分。

威廉點點頭，說，嗯，可惜了。現在在投資銀行裡做基金經理。不過，她總覺得可惜的是我。

我說，這張唱片，有沒有公開發行過。

威廉笑一下，說，呵呵，沒必要讓那麼多人聽到。至少，還可以做蒂芙妮的催眠曲。

好了，阿倫，房間收拾好了，你也去睡。我還沒忙完。

我說，這麼晚了還要忙。

他說，對了，這個案子差不多做完了，要不你幫我看看。

我有些茫然，我？

跟去了他的書房，發現巨大的iMac顯示幕上是一隻奔跑的恐龍。上面騎著身披鎧甲、英姿颯爽的白髮女人。

我更加茫然，這，是你的工作？

威廉說，呵呵，我也得有些生計。要不拿什麼吃飯。玩了這麼多年的電腦遊戲，總算派上了用場。設計電玩程式，也算是寓工於樂。

我們開始試玩這個遊戲。平心而論，這是很不錯的設計。雖不外乎傳奇路線，但情節縝密，個性鮮明。快捷鍵功能多元且強大。大致上是《奧德賽》式的回鄉記架構。主角換成了女人，是一位元朝的公主，身邊還有個類似桑丘的小太監。我心裡默默地想，做電腦主板的家族企業，出了威廉，算是劍走偏鋒，收之桑榆。

到了後來，我們都有些忘記了測試遊戲的初衷，打得十分酣暢。一時間，好像回到了十年前，兩個青年人，守著一堆翻版電玩光碟，在亞美中心的宿舍裡虛度時光。

就在這時，遊戲在攻陷城堡的部分卡住了。邪惡的蕨類植物蔓延地生長開來，將英雄的公主纏住。公主呆呆地騎在馬上，不知所措。主選單鍵也失了靈。

威廉歎了口氣，有些失神。他摸一摸頭，說，差點忘了還沒做完。我真是……老夫聊發少年狂。

威廉戴上了一副黑邊眼鏡，臉孔有些陌生起來。

他對我說，阿倫，你去睡吧。

我走到門口，想起來又問，嘿，主人公的名字，是不是叫蒂芙妮。

威廉轉過頭，咧開嘴笑了，說，還能是誰？

我躺在床上。這裡的夜是很安靜的，沒有任何聲音。大概就是常說的「死寂」。間或有不知名的鳥，倉促地叫了一聲，很快又被更濃重的夜色湮沒。

白天太乏，我很快就睡過去了。

半夜裡，聽到外面的鐘「當」地一聲響。因爲隔得遠，其實很恍惚。遠遠地，卻有淡淡的焦味傳過來。同時，看到露臺上有火光。

我心裡一動，起了身，快步走出去。

先看到的，是威廉的背影。腳邊是熊熊的火，在一隻瓷盆裡。

條案上燃著兩支白色的蠟燭，雖然火焰微弱，仍清晰地看見光暈中的黑相框。相裡是個面目祥和的老人，嘴角有由衷的笑意。

相前擺了一隻香爐，裡面並沒有香，插著三根紙菸。

威廉手裡捏著一只錫紙疊成的金元寶。

他把元寶放進瓷盆。

夜風吹過來，火焰忽而旺了。貪婪的舌一樣，舔了一下元寶，就裹上去。元寶飛快地成了灰燼。又有風吹過來，灰燼就飛起來，飛出了瓷盆。飛到我腳邊，停下來，好像灰白的蝶。

威廉轉過頭來，看見我。眼睛是紅的。

蠟燭也滅了。威廉重新燃上，又從案上拿起一隻綠色的盒子。打開，取出一根紙菸，就著燭火點上。又點了另一根，遞給我。

兄弟，陪我抽一根。他說。

我接過來。

這菸味道不衝，很醇厚。後勁兒卻是有的。煙從鼻腔裡遊出來，有些涼和辛辣。

我問，這是什麼菸。

威廉撣下菸灰，抽了一口，說，三炮臺。爺爺年輕時候在天津做生意，愛抽這個。早就停產了。來了加拿大，我們就找菸草商，照老法定製。家裡存了太多，爺爺走了，我就燒給他。

我說，威廉……

阿倫，爺爺，他們已經都不在了，對嗎？威廉沒讓我說下去，他的聲音有些抖。

香爐裡的菸，已經燃盡了。

我和威廉，沒有再說話，只是靠在露臺的欄杆上，一支接一支地抽著叫做「三炮臺」的香菸。

過了很久，天際有些發白。慢慢地，有淺紅色的光亮，在夜色裡氤出來。這光在蔓延、鋪展，照到我們身上了。

三天後，我啓程回香港。

威廉開車送我去機場。

在安檢入口，威廉仍然給我一個擁抱。或許覺得不夠有力，就又抱了一下。

兄弟，好好保重。他說。

我說，你也是。

已經走進去，威廉又叫了我一聲，我回過頭。遠遠地，威廉做了一個碰拳頭的手勢。我回了他一個。他笑一下，點點頭。轉身離開。

飛機的轟鳴聲裡，我看見這城市，在我身後退遠了。

戲年

楔子

回想起來，我是幸運的，出生在七十年代的尾巴上，這是個饒有意味的尾梢。註定要交接到一個翻天覆地的開端。說起來，這代人的電影經驗是最為動盪的，時時地推陳出新。腦海裡的影像，也彷彿嘉年華，重疊時間，共舉盛事。

中國民間有個古老的風俗，叫做抓周，以嬰孩的一時衝動私定了終生。賈寶玉當年抓了脂粉釵環，活該是貽誤了一輩子。這自然是大大的武斷。我母親是個頂文明的人，在老家裡有苗頭為我作前途測試的時候，及時地對封建迷信予以了抵制。不過在我長到半歲的時候，在床上爬來爬去，自己將這個測試完成了。在長輩們看來，我所做的事情，帶有懸疑的性質。我也不清楚我出於什麼企圖，要將一張黑白畫片塗了個別致的滿臉花，引起了相當大的爭議。舅舅試圖說服大家我會成爲一個文字工作者；外婆否定了他的膚淺見解，因爲自來水筆的筆走龍蛇，路徑奇詭，她聯想了在大學裡做藝術教授的祖父，斷定我會繼承衣缽，走上書寫丹青的老路。如今，家人一致認爲這場測試十分靠譜。那張畫片因被外公妥善保管，至今健在。去年時候拿給我看了，我自己卻看出了新的端倪，被我塗了滿臉花的，是武生泰斗譚鑫培，人稱「小叫天」。那張面目模糊的圖片，正是戲曲電影《定軍山》的劇照。《定軍山》誕生一九〇五年，北京的豐泰照相館拍攝，是中國的第一部電影。

這個重大細節，當年被所有的長輩所忽略。我心中不禁產生澎湃的聯想，如此一來，我的個人史曾經與中國電影史產生過奇異的接軌。回首前事，很多關於影像的經歷開始清晰，在目如昨。

童年：木蘭・電影院

木蘭阿姨是父親的學生。

爸爸在那個邊遠的文化館的短暫工作，是一個意外。人一生中有許多的意外。這些意外，有時是一種造就，有時候卻也就將人磨蝕了。然而，時間是微妙的。當人們將這種意外過成了日常的時候，造就與磨蝕就都變得平淡與稀釋，不足掛齒。

在中國的七八十年代，於很多人的意外都已變得風停水靜。我的父親是其中的一個。他在過早地經歷了人生的一系列意想不到後，終於無法子繼父業。選擇了他並不愛但是令人安定的理科專業。然而，大學畢業後的又一次意外，他竟然找到了一種可接近理想的東西。他又可以與紙與畫筆打交道，是那樣的順理成章，甚至堂而皇之。對於一個九歲可以臨摹《西斯汀聖母》的人來說，這一切都來得有點晚，又有點牽強，但是已足以珍惜。所以，他如此投入地將他經手的宣傳畫、偉人頭像以精雕細琢的方式生產出來，以一種近乎藝術家的審慎與嚴苛。父親保存著當時的很多素描，是些草稿。草稿豐富的程度，解釋了他工作成績的低產，也拼接出了我對於文化館這個地方的回憶與想像。在很多年後，我看了一齣叫做《孔雀》的電影。那裡的文化館是個令人意志消沉、壓逼與陰暗的所在，與我記憶中的大相徑庭。我的文化館是顏色明朗而溫暖的。

父親在三十七歲的時候，第一次代表館裡參加了畫展，引起了小小的轟動。

這張叫做《聽》的油畫已不存在，但是留下了一張彩色的照片。油畫的背景是一片蔥綠的瓜田。有一個滿面皺褶的老農叼著旱菸袋，含笑看著一個穿白連衣裙的年輕女子。身邊摩托車後架上夾著寫生畫板，暗示了她的身份。女孩的手裡捧著一個飽滿的西瓜，貼著自己的耳朵，做著敲擊的動作。神情專注，幾乎陶醉。現在看來，這張畫有著濃重的「主旋律」意味。卻為我年輕的父親贏得了聲名。木蘭阿姨來到我家裡的時候，手裡正舉著這張照片。她目光炯炯地看著我父親，說，我要跟你學畫。木蘭阿姨拜師的舉動，在現在看來有點唐突。父親有些無措地看著我目光警醒的母親。這時候，陌生的年輕女孩將三張電影票塞到我母親的手中，說，好看得很。

我不知道，這算不算一種收買。但由此而引發的好感，卻是實在的。那部叫做《城南舊事》的片子，對我是最初的關於電影的啓蒙。

當我跟著父母走進這間外表略顯破落的影院，電影剛剛開始不久。在色澤溫暖的銀幕上，我看見了一個小女孩大而純淨的眼睛，並且深深地記住。同樣純淨卻豐厚的是二三十年代的北平。昏黃蕭瑟的秋。駱駝、玩伴、學堂，構成了最簡潔而豐厚的舊城。這雙眼睛憂愁下去的時候，是為了一個年輕人。耳邊響起柔軟哀惋的童聲旋律，這童音逐漸遠去，為闊大的弦樂所替代。銀幕下的孩童卻被這異於現實的影像與聲音打動，幾乎熱流盈眶。多年後，再次聽這首叫做〈送別〉的歌曲，恍然孩提時對於其中內容的無知，更不知道詞作者是大名鼎鼎的李叔同。大約打動我的，只是這歌聲的內裡，叫做人之常情。

長亭外，古道邊，芳草碧連天。
晚風拂柳笛聲殘，夕陽山外山。
天之涯，地之角，知交半零落，
一觚濁酒盡餘歡，今宵別夢寒。

這便是給我留下美好印象的第一部電影，雖然這印象其實已有些模糊。

散場的時候，我們走到影院門口，看到叫木蘭的年輕女子，急切地走過來。她這時候穿著石藍色的工作服，白套袖已有些發汙。上面濺著星星點點的墨彩。頭髮用橡皮筋紮成了兩把刷子，倒是十分幹練。聲音卻發著怯，問：好看嗎？媽媽說，很好看，謝謝你。爸爸的眼神有些遊離，落到了她身後的電影海報上。爸爸問：「是你畫的？」一問之下，木蘭阿姨好像很不安，手指頭絞在了一起，輕輕應，是的。爸爸又看了一會兒，說，蠻好。比例上要多下點功夫。

木蘭阿姨抬起頭，眼睛亮一亮。然而，依我一個幾歲的孩童看來，這畫和「鑾好」也還是有些距離。畫上色彩是濃烈而鄉氣的。構圖的即興，也令畫面蕪雜。人物的神情似乎也變了形。那瞳仁中的純眞不見了，變成了一雙成年人的世故的眼，透射著近乎詭異的懶散。

爸爸微笑了說，週末來我們家吧，我借一些書給你看。

當我們已走出很遠的時候，我回過頭，看見木蘭還站在海報下面，眼裡閃著星星點點的光。

地區電影院的美工容木蘭，就這樣成爲我父親的學生。

以後的日子裡，我們都喜歡上了木蘭。大家似乎都有些忘記當初她拜師的唐突舉動。木蘭阿姨其實是個天性隨和謙恭的人，並且，很寡言。她多半用微笑來表示欣喜，用點頭表示肯定。以後，我們發現，她將學習這件事情看得十分鄭重。即使在影院加過班，無論多麼疲憊，也要換了乾淨的衣服，才肯出現在我們家。她會帶了自己的習作來，將拿不準的地方用紅筆勾出。依然不怎麼說話，總是將自己的問題列在一張紙上，請父親解答。在我們家，她不怎麼動筆。但有時候，卻僅僅爲了細節，比方一隻手彎曲的弧度，反覆地琢磨。老實說，父親並不是個天生的老師，很容易沉醉於自己的見解之中。所以對木蘭的輔導也不算是很系統，每每點到即止。而木蘭阿姨卻是悟性非常高的學生。這是後來從影院海報品質上的突飛猛進看出來的。

當漸漸熟悉起來的時候，聊得也就深了些。木蘭說，她其實是影院裡的臨時工。她說，影院的領導一直不太滿意她，認爲她畫得「不像」，她不太服氣。後來，父親終於弄明白，這其實是審美方面的分歧，就安慰她，說了很多關於「寫實」與「寫意」方面的道理。木蘭笑了笑，說其實她不在乎，總有一天她會考上美術學院走掉的。說這話的時候，她眼神裡便有一種堅強的東西。

剛入冬的一天，木蘭來了，仍然是笑吟吟的模樣。媽媽就玩笑她有沒有什麼喜事。木蘭不說話，從背後拿出一頂帽子，扣在我頭上。這是一頂絨線帽，海藍的顏色。樣式卻很特別，有一個漂亮的搭帶，是坦克兵的那種。木蘭摸了摸我的頭，說，咱們毛毛也來當回《英雄坦克手》。那是上個月剛看過的一個老電影，講抗美援朝的，據說是根據眞人眞事改編。六十到八十年代初，這種題材永遠都不會過時。當一回英雄也是男孩子們的夢想。我立了一正，對木蘭阿姨行了個軍禮。媽媽接過來看一看，說，眞不錯，在哪買的，木蘭說，我自己織的，照著電影畫報作樣子。媽媽連連讚歎。突然問，有對象了嗎？木蘭羞紅了臉，說，沒有。媽媽就說，這麼巧的手，可惜了。要不眞是男人的福分。媽媽看一眼正埋頭讀書的父親，說，當年你老師連著三年戴我給他織的圍巾，我這才嫁給了他。爸爸其實聽得清楚，抬起頭一句，可不是嘛，我算經受住了考驗。

爸爸去了上海出差，買了許多畫冊，多帶了一份給木蘭。黃昏的時候，還沒到電影院門口，遠遠地，我被一張海報深深吸引。那幅海報是完全的黑白色調。依照當時流行的審美觀，素得有點不盡人情。但是有一雙女人的碩大的眼，比例誇張地逼視過來。後面是些風塵僕僕的背景，內容我是全忘了。只記得爸爸說，畫得好。海報底下的小個子女人還在忙碌。爸爸遠遠地喊，木蘭。

木蘭阿姨很驚喜地回頭，將胳臂上的藍套袖擄下來，頭髮剪短了，是個颯爽的樣子。木蘭說，老師。然後看到我說，你們來得正巧，在放新片子了，給你們留了票，帶毛毛進去看。

阿姨，這是什麼電影。我指著海報問。木蘭猶豫了一下，說，這片子，不是給小孩子看的。媽媽問，這部不是說幾年前就禁掉了嗎？木蘭說，沒有，現在說是好片子，巴老先生都寫文章支持呢。我們影院小，沒放過。這回市裡重放，領導要了拷貝來，我們就借一借光。票一早都賣光了。

後來我才知道，這齣險些被禁掉的片子，叫做《望鄉》，說的是二十世紀初日本政府將一批婦女送到南洋賣身爲娼的悲慘遭遇。這是改革開放後引進的第一部日本電影，因爲裡面的裸露鏡頭，一時在國人心中引起軒然大波。多年以後，看了這部片子，這些鏡頭並無一絲褻瀆，也無關情色，只是將主人公的隱痛更深刻了一層。倒是裡面扮演年輕女學者的栗原小卷，清新溫雅的形象，給人留下了深刻的印象。而木蘭阿姨在海報上畫下那雙傷痛的眼睛，便也是她的。

爸爸說明了來意。木蘭很欣喜，恭敬地伸出手接那些畫冊，卻又縮了回來，說，幹活的手，太髒了。這麼好的東西，我得先洗個手。她一邊收拾了活計，說，老師，你們也來我宿舍坐坐吧，喝杯茶。

從影院的後門拐過去，又下了幾級樓梯。光線漸漸暗了下去。木蘭阿姨的宿舍，在地下室裡，大白天也要開著燈。燈是日光燈，打開了整個房間便是幽幽的藍。不過七八平方米的一間屋，收拾得十分整齊，沒有一點將就的樣子。木蘭打了盆水洗了手，給爸媽沏茶。屋裡只有一張方凳，她便抱歉地請媽媽坐在床邊上。媽媽坐下來，看到木蘭在床頭貼了許多張畫報，似乎是一個男人。又看不清晰，便問，是誰啊？我卻認了出來，蹦到了床上，嘴裡大聲說：「從這兒跳下去……昭倉不是跳下去了？唐塔也跳下去了……所以請你也跳下去吧……你倒是跳啊！」同時舉起手，砰地開了一槍。木蘭阿姨吃吃地笑起來，說，毛毛是天才，學得眞像。媽媽便也明白了，是杜丘啊。這海報上的，都是同一個男演員，凝眉蹙目，是日本的明星高倉健。他因爲一部懸疑片《追捕》，成爲了國人的集體偶像。甚至個人形象也引領了人民的時尚。他的板寸頭，立領風衣，甚至他的不苟言笑，都成了男人模仿的對象。甚至我年輕的父親都不能免俗，不過，我個頭一米八十的爸爸，穿著米色的長風衣，也的確是極其拉風的。《追捕》在當下看來，也仍然是極難逾越的譯製片高峰，且不論這部片子難能可貴地雲集了丁建華、畢克等一批配音大腕。單是影片中的台詞，已堪稱經典。比方我學的那句，又比如「杜丘，你看，多麼藍的天啊……走過去，你可以融化在那藍天裡……一直走，不要朝兩邊看……快，去吧……」誰能想到，這詩意的句子後面，深藏著罪惡與陰謀呢。

在這些畫報照片裡，有一張劇照。背景是一望無垠的原野，杜丘和英姿颯爽的女主角眞由美緊緊相擁，策馬馳騁。然而眞由美的臉卻被另一張照片遮住了。那是張黑白的兩寸證件照。上面是微笑的木蘭阿姨，笑得有些僵。

媽媽也看到了，打趣地說，我們木蘭要找的對象，原來是這樣的。

木蘭有些羞紅了臉，卻又抬起頭，說，硬朗朗的男人，誰不喜歡。又問，師母，你覺得他好麼？媽媽想一想，說，好是好。不過電影裡的人，不像個居家過日子的。

這年入夏的時候，放了假，幼稚園的小朋友們都散了夥。爸媽可沒了空管我，木蘭說，叫毛毛跟我去看電影吧。他老老實實地坐著，你們也放心，有我看著呢。從此，電影院裡就多了個小馬札，我當眞就老老實實地坐著，看那銀幕上的悲歡離合，旦夕禍福。看完了，就提著小馬札回家去了。那陣子看的，差不多占了我這半輩子看過電影的一半多。

白天，多半放的是老電影，都是些舊片子。片子大都是黑白的。看電影的人不多，我安靜地坐著，聽著有些空曠的影院裡響著宏亮的聲音。它們如此的清晰，像是來自一些或美或醜的巨人。這些巨人有他們的世界，是我難以進入的。但是，我卻可以去經歷他們的命運，用眼睛和耳朵。

電影放完了，天也快黑了，我就回家去，該吃飯的吃飯，該睡覺的睡覺。

誰也沒想到，有一種潛移默化的東西，卻在這時靜靜地生長。雖然，它經常以一些出其不意的方式爆發出來。但對一個孩子來說，這段經歷深刻的印象，似乎是難以磨滅的。而最難以磨滅的，又似乎是那些台詞，它們開始頻繁地出現在我的家庭生活中，造成對我父母的困擾。

我開始習慣於回到家，向父母作如下報告：「我胡漢三又回來啦」，在父母的瞠目間，他們意識到這不過是電影《閃閃的紅星》中的大奸角的一句台詞。早上賴床起不來，我會向父親請求援助，「張軍長，看在黨國份上，拉兄弟一把。」這又是《南征北戰》裡的對白。當母親開始有些絮叨我在不久前的尿床事件，我實在很不耐煩，憤然地用《智取威虎山》裡常獵戶的口吻作出回應：「八年了，別提它了。」母親一時沒反應過來，然後就看我邁著老氣橫秋的步伐，溜掉了。

爸媽搖搖頭，說，這孩子有點小聰明，可是，要走火入魔了。

後來，我竟然和影院裡的人都混得很熟。從賣票的小張，到影院的頭頭蔣主任。大家似乎都很樂意跟我打交道。一時間，小毛孩成了公眾人物。不過，我最喜歡的還是木蘭阿姨，「會畫畫」在我看來，是一件「真本事」，就像我老爸。蔣主任這樣的，就只會吆吆喝喝地管人。更何況，木蘭阿姨畫「潘冬子」，都是請我當模特兒。看著自己的臉出現在海報上，別提多帶勁兒啦。這天傍晚，蔣主任跟我說，「毛毛，木蘭到哪去了？幫我把她找過來。」我當時正忙於清算剛從他兒子蔣大志那裡贏來的「方寶」。這是當時小男孩流行的玩意兒，實在沒工夫答理他。就很敷衍地說，等會兒吧。蔣主任就說，「小子，這是泰勒將軍的命令，你敢不聽？」我一聽，好嘛，他居然引用了《打擊侵略者》的台詞。想想給他一個面子，就慢慢地站起來，說，「好吧。幫你一回，『看你可是秋後的螞蚱，蹦躂不了幾天了。』」跟我鬥智，《小兵張嘎》我可是倒背如流。蔣主任臉凶了一下，我一溜煙地跑掉了。

找了一圈，還真不知道木蘭阿姨到哪裡去了。按理，她是個很敬業的人，這會兒多半應該留在二樓的美工室裡孜孜不倦。可是，桌上攤著大張的紙，廣告色瓶子都打開著。紙上是張畫了一半的老頭兒，只有個輪廓，臉相卻很陰森。

我終於想起來，跑到木蘭宿舍門口，影影綽綽地，裡面有些光。我一邊拍門，一邊喊：「木蘭阿姨，老蔣找你有事。」裡面突然發出了很細微的聲響，過了一會兒，木蘭阿姨把門打開了，臉色紅撲撲的，說，毛毛，進來吧。我走進去，發現還有一個人，看上去很眼熟。我不禁脫口而出，杜丘！

這是個好看的年輕男人，穿了件白藍條的海魂衫。高個子，壯實實的，長著密匝匝的短髮、濃眉毛。面相有些老成，乍看還眞像高倉健。不過，他可不像那個日本人整天苦著臉，對我笑呵呵的。

木蘭阿姨笑起來：毛毛，這是武叔叔，咱們電影院新來的放映員。

年輕男人笑一笑，也不新了，半個多月了。

說完，他對我伸出了手，說，武嶽。

我也很鄭重地伸出手，他的手眞大，使勁握了我一下。

我梳理了一下我在電影院的人脈，懷疑地問，我怎麼沒見過你。

男人說，我剛調過來，只上晚班。那會兒，你早回家了。常聽木蘭說起你，說你是個機靈鬼兒。

這是我第一次進入電影放映室，裡面有些暗淡。伴著沙沙的聲響，巨大的光束，投向了銀幕。幾乎能夠看得見，光束中飄動的煙塵。

原來，銀幕上的影像、故事、人生，都來自於這間燈火幽暗的放映室，來自於這台安靜的機器。電影膠片在鏡頭前緩緩地掠過，這一刻，近乎令我敬畏。

武叔叔拿起另一盤拷貝，準備換片。他做這些的時候，十分專注，幾乎可以看到他額頭上細密的汗珠。這時候的他，是沒有微笑的。臉色沉鬱，便眞正酷似了高倉健的輪廓。

當沙沙的聲音，又微弱而清晰地響起的時候，他便坐下來，嘴上叼起一根菸，看著我，重新又微笑了。

也在這間放映室裡，有了以後的發生。

我的眼裡，武叔叔是個有「眞本事」的人。因爲他一個人可以操縱了整個銀幕的光影，同時控制了幾百人的視線。僅這一點，已經值得崇拜。

木蘭阿姨在這個放映室裡經常的出現，在我初看來，是十分自然的事情。是兩個「有本事」的人之間的惺惺相惜。然而，木蘭阿姨來找武叔叔，似乎更多並非關於彼此技藝的交流。大半是些瑣碎的事情。有時候，只是爲了送兩根牛奶冰棒給我們，又或者，是一碗冰鎮的綠豆湯。

而這時的木蘭也不是我熟悉的了。作爲一個對衣著並不講究的人，上了班，木蘭四季都裹在一件很舊的工作服裡。那衣服上總是掛滿了琳琅的油彩。而這時候，卻穿了雪白的在袖口打了皺褶的「的確良」襯衫。頭髮也不再是用橡皮筋紮成兩把小刷子，而是戴了同樣雪白的髮飾。這樣一綹頭髮便垂在她光潔的額頭上。我才發現，圓圓臉的木蘭阿姨其實是很漂亮的。這是個漂亮得有些不像的木蘭。

她對於武叔叔的「本事」，也沒有任何的好奇和求知慾。只是靜靜地看著武叔叔喝綠豆湯。或者間歇從放映室的小窗望出去，眼神空洞地看一會兒電影的情節。這時候，武叔叔也會和她說話，聲音也變得低沉，並不是一個「硬漢」應有的格調。

回想起來，在放映室裡的觀影經驗，印象其實有些模糊。大約因爲視野的居高臨下，又或者因爲無法專心致志。

但有一部電影，是斷斷忘不了的。叫《少林寺》。這是我接觸到的第一部香港投資的電影。但因爲主演都是內地人，是沒有什麼港氣的。十八歲的李連杰，有一種青澀的勇猛，舉手投足間的渾然的趣味感，在後來那個國際化的Jet Li的神情中，是鮮見的。

然而，關於這部電影，更深刻的記憶卻是公映時的盛況。後來看了個統計，《少林寺》在全中國的票房超過一億元人民幣。比起現在的大片來，這也實在算是不俗的成績。問題的關鍵是，當時的電影票價，僅僅是一角錢。

因此，這部片子的社會效應，眞的可以用萬人空巷來形容。在一個幼童的眼中，更多的感知大約就是街談巷議。也有一些出其不意，比方，中國的「黃牛」——也就是非法倒賣電影票的票販子，也是由這部影片應運而生。我親眼看見老蔣和員警扭住了一個年輕人。那人在被帶走時，似乎還吹了一聲口哨。他的蛤蟆墨鏡被立刻取了下來。其實是個面目清新的青年，卻有漫不經心的神情。多年以後，當我看到《無因的反叛》（《養子不教誰之過》）中的詹姆斯·狄恩，還會想起這張臉。然而，民間的流動交易卻還在進行著。供求關係的市場規律，並沒有被計劃經濟的格式所羈。一張《少林寺》的電影票，在物以稀爲貴的情形之下，甚至可以換取緊俏的日用品，甚至手錶。電影院的員工有極爲罕有的贈票。木蘭阿姨也分到了兩張，送給了我的父母，同時抱歉地說，幸好毛毛已經是我們的老熟人了。

出於一個小朋友的虛榮心，我可以在放映室裡看電影的特權逐步被外界所得知。幼稚園同班趙宏波臉上掛了諂媚的笑容找到我，捧上我一直想看的全套《鐵臂阿童木》小人書。趙並非我的知交，我對他無事不登三寶殿的作風並不是很認同，但是出於禮貌還是問了他的來意。然後知道，他是想讓我把他帶進放映室。我虛弱地婉拒了一下，最後看在阿童木的面上，還是答應了下來。

然而，趙宏波的不守信用，讓我感到頭痛。說好一個人來的，但他卻帶來了他的哥哥趙宏偉和鄰居小三。我很不情願地把他們帶到了放映室門口，武叔叔愣一愣，說，這麼多小朋友啊。進來，快進來。說完就忙著去上拷貝了。雖然沒有更多的話，已令我十分感激。這已經是當天的第四場。放映室只有一扇小小的氣窗，在這初夏的時候，裡面又有大燈烤著，已近乎一個蒸籠。武叔叔和另一個放映員都光了膀子，正忙得熱火朝天。看得見汗從脊背上厚厚地流淌下來，也沒有工夫擦。角落裡擺著一隻吃剩了一半的西瓜。

我們幾個孩子，不知怎麼了，這會兒都有些發怯。當電影開始的時候，我們便都忘了。「少林少林，有多少英雄豪傑把你敬仰；少林少林，有多少神奇故事到處把你傳揚……」氣勢雄渾的片頭曲，如今憶起，仍是激蕩心頭。這個「少林十三棍僧勇救唐王李世民」的故事，成爲八十年代的經典，其實不是個偶然。因爲，它幾乎涵蓋了中國人的所有的價值觀念與信仰——忠誠、愛情、復仇、堅貞。那冷色調的背景下，是年輕的火熱的理想。暮鼓晨鐘。命運多舛的少年，冬練三九，夏練三伏。美麗的牧羊女，是純眞而苦澀的青春紀念。而最爲青年們津津樂道的，卻是電影主角的叛逆。至今記得覺遠吃狗肉的情節，

「酒肉穿腸過，佛祖心中留」。看似悖論的一句話，內裡是中國人性情中難得的霍朗，幾乎是充滿了禪味。

電影放完了。我從視窗俯看著散場的局面。人流湧動，幾乎可用壯觀來形容。遠處燈火闌珊，是八十年代的日與夜。

我坐下來，靜靜地坐在小馬札上等爸媽。

他們走進放映室。一同進來的是木蘭阿姨，她輕輕地噓了一聲。不知什麼時候，武叔叔已經坐在椅子上睡著了，頭靠在機器上，嘴巴微張著。他的面色有些發暗，想是太疲憊了，臉頰上還有淺淺的鬍茬。木蘭停一停，撿起落在地上的襯衫，蓋在他身上。我們走出去，將門輕輕帶上了。

《少林寺》的熱潮之後，影院平靜了一段時間。後來老蔣就說，今年「送電影到鄉鎮」的指標還沒完成呢。這陣兒沒什麼新片子，小武去跑跑吧。武叔叔說，「哦，跑哪兒？」「先去江寧俞莊吧。」我一聽要去鄉下，就對老蔣說，我也要去。老蔣說，小毛孩兒，人生地不熟，要是老拐子拐了你咋辦。你爸是幹部，我可得罪不起。

武叔叔說，帶他去吧，有我看著呢。城裡孩子，難得去那看看。老蔣想一想，說，行，那你可得齊齊全全地給我帶回來。武叔叔說，嗯。

電影院就出了輛敞篷卡車，裝了器材。除了武叔叔，還有電工小張。木蘭對老蔣說，我也去吧，搭把手。老蔣說，一個姑娘家，能搭什麼手。木蘭說，幫著搞宣傳啊。音箱要是壞了，我就直接幫忙配音。你不是說我的聲音像丁建華嗎？

車就這麼開出了城。開始大家都興高采烈的，可是天熱，漸漸精神就都有些蔫。武叔叔始終沉默著，抽他的「大前門」。一根接一根。小張問說，武師傅哪裡人？武叔叔說，西安。小張說，老遠的地方哦。武叔叔就說，嗯。話就有些說不下去。再往前走，路就窄了。景物也變得疏落了，灰撲撲的。然後綠顏色倒是多了，整片整片地闖眼睛。一頭牛慢慢走過來，迎著卡車，不知道避讓。我知道，我們的目的地要到了。

到了俞莊，是個挺舊的地方，有條河圍著，到處都水漉漉的。一個戴眼鏡的鄉領導來迎接我們。說難得年年蔣主任記掛我們。我現在去刷海報，晚上是什麼片子。小張就說，《大篷車》，老片子了。鄉領導就說，不老不老，在咱們這還是新片子。地方定好了，還在小學校的操場。

鄉領導說，大老遠來，先歇歇。武叔叔說，時間也不早了，先把幕布搭起來吧。說著，就脫了外衣，跟小張和司機將器材往下搬。

領導就豎了大拇指，說這小夥子，是個實幹家。

傍晚，幕布已經支起來了，有點兒皺巴巴的。夕陽的光線照射過來，白帆布就變得黃燦燦的了。

這時候走過來個小姑娘。她過來問我，放映機等會兒擱哪兒。我轉頭問武叔叔。他指一指，小姑娘就走過去，把兩個小板凳一字擺擺好。我說，你幹什麼。她說，我爺爺讓我來占個位置，說這兒看得最清楚。她抬頭看我一眼，說，你城裡來的吧。我問，怎麼？她說，城裡人說話口音發虛。城裡最近在放什麼電影？我說，剛放了個《少林寺》。說完，就嘿嘿哈哈地給她比劃了幾招。她就有些遺憾地說，那到我們鎮上電影院，得秋天了。我們就這麼一言一語地聊起來。小張就說，好嘛，我們毛毛交上小女朋友了，比我都強。木蘭阿姨聽了有些不高興，說什麼呢，把小孩子帶壞了。

天擦黑的時候，操場上的人漸漸多起來，攜家帶口的。我才知道，夏夜裡的露天電影，對這裡而言，是一樁盛事。武叔叔把放映機固定好，又忙著裝發電機。我看到木蘭阿姨走過去，拿出手帕，在他額頭上擦一擦汗。終於弄停當了，打開機器，白色的光束「嘩」地打出來，打到幕布上。操場上響起孩子們的歡呼聲音。有些小手放在光束裡頭，幕布上便有無數的黑色的手影子，歡快地跳躍起來。

這時候，武叔叔輕輕地微笑了一下。

當幕布上閃動了字幕時，人聲便安靜了下去。帶著異域風情的音樂急切輕快地響起，因爲操場的闊大，音箱發出的聲音便嫋嫋地散播開去。

在現在看來，這或許是個富家女和窮小子的俗套愛情故事。情節與橋段都差強人意。但是，這部印度寶萊塢最早期的經典作品，卻深深地吸引了包括我在內的所有觀眾。在晚涼的夜風中，人們體會著女主人公蘇妮達驚心動魄的冒險，體會著她愛情的甜蜜與苦澀。那些質樸而奢華的瑰麗色調，那些吉普賽式的明朗樂曲，那些不斷複現的載歌載舞的場景。在劇情緊張的時候，人們屏息聽著對白。突然一個小孩子無緣由的哭聲響起來，緊接著是大人的訓斥。人們便用起鬨的聲音表達著不滿。但是，很快又爲著主人公命運的多舛，開始歎息與扼腕。當蘇妮達與莫漢有情人終成眷屬的時候，全場響起了掌聲。

環顧過去，這掌聲經久不息。來自於銀幕前、牆頭，甚至樹上。人們，孩子們各據一方，休戚與共，是由衷地對人性的讚美。在這濃重的夜色裡，形成一種熱烈的氣流，扶搖而上。

回城的路上，因爲還沉浸在劇情裡，氣氛就活潑了一些。小張說，我們四個人，也是一架大篷車。武叔叔說，「好，那我就認毛毛作我弟弟莫托。」木蘭笑一笑，輕輕哼起電影裡一支插曲的旋律。這首歌曲彷彿歡快熱情的基調後，有一縷餘韻，來自那個叫做莫妮卡的舞女。哀傷婉轉，低迴不已。大家便都安靜下來，聽著，和著，隨著車的顛簸搖搖晃晃地踏上了歸途。

這一年的夏天，有一個漫長的雨季。雨並不很大，但卻淅淅瀝瀝得沒個停。電影院的票房也受到了影響。白天都改了下午場。從放映室的視窗望過去，也並沒有幾個人，稀拉拉地點綴在座位的群落裡。放的，也多半是老片子，《飛越奪命橋》、《地道戰》、《遠山的呼喚》、《葉塞妮婭》。多半也是調子有些悲涼的。除了喜劇《虎口脫險》裡那個著名的機關槍手，在很多年後，他的鬥雞眼仍然在我的腦海中揮之不去。

這些片子循環放映著，漸漸有些沉悶。

武叔叔也閑，就說，來，咱放電影玩。說著就從電工包裡拿出一個大號的手電筒，然後把燈關了。打開電筒，牆上就是一個碩大的圓形的光影。武叔叔讓我拿著電筒，自己將手擺出形狀來，籠在手電筒的光圈裡頭。牆上便出現了一隻狗頭。這狗豎起耳朵，抖了抖毛，好像剛從水裡爬出來。吠了兩聲，便在光影裡遁去了。這時候，卻又出現了一個鳥巢。武叔叔自己配音，鳥巢裡便有啾啾的雛鳥的叫聲，出現了兩瓣嗷嗷待哺的嘴巴。接下來，雛鳥漸漸長成了幼鳥，虛弱地抬一抬翅膀，蹦躂了幾下，身體一歪，卻趴下去。然而它堅持不懈似的，還是站了起來，身形居然也舒展開了。再一振翅膀，騰空而起，在天空中翱翔起來。武叔叔笑笑說，這電影叫做，《笨鳥先飛》。我不禁拍起了巴掌，學著《地道戰》裡湯司令豎起了大拇指，說，高，實在是高。

這時候門一響，進來一個人，是木蘭阿姨。她嘴裡抱怨，怎麼黑燈瞎火的。我就興高采烈地向她彙報說，武叔叔教我放電影呢。木蘭阿姨就說，呵，自己才滿師，就收起徒弟啦。我就跟她如此這般地說了一回。木蘭便說，這是電影嗎？充其量是個皮影戲。

武叔叔就寬容地笑一下，說，都是給小孩子玩的。

木蘭說，來，毛毛，阿姨教你放個正宗的電影。

我不知道他們怎麼在這件事情上打起了擂臺。就作一作揖說，我倒是也想拜你爲師，可是我已經有了武叔叔這個師傅了。你要是不嫌棄，我就叫你師母吧。

木蘭阿姨聽到這，極慌亂地抬一下頭，卻朝武叔叔看過去。武叔叔平靜得很，還是似笑非笑的樣子。木蘭埋下頭，在隨身的包裡翻來翻去，嘴裡輕輕地說，亂講。

她從包裡掏出一個厚厚的筆記本。紅底，面上還燙印著「工農兵」的圖案。她對我說，毛毛，還記得《少林寺》嗎？給我來一套長拳。

《少林寺》我是記得，卻已經忘了長拳是哪一套。就胡亂地打了一氣。木蘭阿姨說，慢點兒打。我就將動作放慢了，眼睛瞥到她在筆記本上塗塗畫畫。塗一頁，就迅速地翻過去，這樣翻過去了許多頁。木蘭吁了一口氣，說，好了，手都畫瘦了。

我就湊過頭去，看見她在筆記本的每頁的頁角上都畫了一個小人。筆劃十分簡潔，動作卻不一樣。

然後，木蘭說，看好，現在開始放電影了。說著把大拇指放在活頁的邊緣上，一鬆開，紙頁就刷刷地飛快翻過去。我就看到，頁角上的小人竟然活了起來，隨著翻動耍起了拳腳。一招一式，疾如電閃，頗有幾分武林高手的風範。這樣我可樂了。將這個筆記本翻來翻去，愛不釋手。突然停在了一頁上，看到那一頁畫了張鋼筆畫，筆觸很粗糙。但還看得出是一個男人的半身相，穿著海魂衫。

後來我知道，從專業的角度，電影正是無數的定格，連綴而成。木蘭阿姨是個懂電影的人。

濕熱的天氣，給一個兒童帶來的或許只有煩躁。而在水汽與熱度中，也會有一些別的醞釀。這樣的天氣，大約也只適合放老片子。一對青年男女，在廬山上萍水相逢。面對名山大川，戀愛談到了興處，突然女的就喊出來：

「I love my motherland, I love morning of my motherland...」

當時我其實聽不懂。但是後來懂了，覺得七十年代戀愛的人，心胸真是博大。這就是著名的《廬山戀》。

上影廠老導演黃祖模，不負眾望，將一部主旋律的偶像影片拍得聲情並茂。

雖然只是定位爲「風景抒情故事片」，但卻拍出了皆大歡喜版的羅密歐與茱麗葉。大約是因爲「茱麗葉」更勇敢和果斷，也更明朗些，這勇敢在影片的高潮處，便幾乎驚心動魄。

張瑜對郭凱敏說出「你眞傻，傻得可愛」時大膽的神情，和兩人身著泳衣的場景一樣令人難以忘懷。在這句話之後，張瑜輕輕地吻在了郭凱敏的臉上。這浮光掠影的一吻，卻令我一時間有些發愣。或許就是這部「中國第一吻戲」在一個孩童心理上造成了撞擊。而在剛剛改革開放的中國，這「里程碑」式的一吻，所帶來的社會影響，幾乎稱得上波瀾壯闊。

我有些不知所措地回過頭，卻見到機器巨大的暗影裡，木蘭與武叔叔的頭，緊緊地碰在一起了。

有一陣，媽媽說，木蘭最近都沒到家裡來哦。

爸爸說，工作忙吧。

媽媽便說，現在不是淡季嗎？也沒什麼新片子。

我說，木蘭阿姨戀愛啦。

媽媽就訓斥我，說，小孩子，亂講話，你懂什麼叫戀愛。

停一停，她卻又問，和誰啊？

我突然想起了木蘭阿姨的交代，就說，和杜丘。

爸媽迷惑地對視了一眼。我就不理他們了。

暑假過後。生活又陷入了無聊而充實的境地。八十年代的小孩子，無外如是。我開始上了一個叫做「學前班」的東西，據說這個東西可以爲我在小學的出類拔萃打下堅實的基礎。這個學前班，對我生活格局造成的影響不可謂不大。

社交與娛樂因此減少是意料之中，甚至波及到了我與電影院的朝夕相伴。有時候，被爸媽接回家。路過電影院。不知道是不是秋天的關係，小小年紀突然感到了蕭瑟。唯一的聯絡，似乎便是木蘭阿姨的電影海報。他們還在變換著，讓我想像著電影院裡面發生的事情，那些光與影，人和事。

有一天，媽媽回來，說在商場買東西，見到了木蘭。很感慨地說，木蘭大變樣了。燙了個大波浪，穿得也比以前好看講究了。和一個男人在一起，可能是她對象吧。你別說，還眞像杜丘。

聽媽媽這樣說，反而覺得木蘭阿姨的樣子有些依稀。有印象的，卻是那件洗得發白的工作服上，星星點點的油彩。變好看的木蘭阿姨，是個什麼樣子，卻也一時想像不到。

再次見到木蘭阿姨，是在這年秋深的時候。

房門打開著，我老遠就看見木蘭了，高興得雀躍。木蘭阿姨的眼睛亮一亮，又黯然下去。嘴角動了動，卻沒有笑出來。媽媽倒了杯茶，說，木蘭，不著急，先喝口水。

木蘭站起身致謝。一縷長長的鬈髮垂下來。木蘭阿姨的確是燙了個大波浪，這一天卻很凌亂，並不見得漂亮，反而讓她看上去老相了幾分。

爸爸坐在書桌旁，狠狠地抽了口菸，抬起頭來，說，木蘭，你得想想你的前途。

這句話打破了沉默。

木蘭似乎歎了一口氣，用很鬆懈的聲音說，老師，我一個臨時工，有什麼前途。

爸爸的聲音突然大了，說，你不是一心要考美術學院嗎？怎麼說沒前途。

木蘭說，也就是說說，哪這麼容易。高中畢業都擱下這麼些年了，文化課都不見得能過。再說，我家裡都說，我是個女孩子……

爸爸的聲音柔軟了下來：木蘭，老師既然收你做了學生，就希望你將來能好。你師母，一個老三屆，功課荒了這麼多年。就憑著一股拚勁兒，不是考上了大學？事在人爲啊。

木蘭喝了一口水，輕輕地說，我不想考了。

爸爸將菸蒂按在菸灰缸裡，使了使勁，好像下了個決心。他用很和緩的語氣問，是不是爲了他？

木蘭埋下頭，手指絞在連衣裙的裙幅裡，很久沒說話。

爸爸說，你們蔣主任說了，這個武嶽，是個有老婆的人。你得理智。

木蘭阿姨愣一愣，聲音低得好像在自言自語：他說了，他會離婚，和我結婚。我，我離不開他……

木蘭阿姨說著說著，竟然手捂住臉，嗚嗚地哭起來。開始還壓抑著，媽媽走過去，拍一拍她的肩膀，輕輕將她的頭攬在懷裡。木蘭索性放聲大哭了。

爸爸嘴巴動了動，還要說什麼，被媽媽的眼神制止住了。

武叔叔調走了。據說她老婆來鬧過幾次。其實也談不上鬧，據說是坐在蔣主任的辦公室裡就不走了，一言不發，只是默默流淚。

木蘭阿姨留在電影院。老蔣說，這孩子脾氣倔，還是個臨時工，可是論本事，眞找不著更好的。

路過影院的時候，木蘭阿姨的電影海報還在變換著。偶爾看得見海報底下，是個矮小的女人身形，呆呆地立在那裡，毫無動作。

這樣過去了半個月，有一天，木蘭阿姨又來了我們家。她的頭髮剪短了，格外的短，髮稍齊在脖頸上面，幾乎成了個男孩子頭。額髮卻還是彎曲的。她好像有些不好意思，不停地用手去捋。這樣短的頭髮，也並不是原來那個爽氣的木蘭阿姨。大約是因爲眼神裡的倦。

媽媽拉拉她的手，說，木蘭，過去就好了，不管它了。

木蘭點了點頭，說，嗯。

她又在口袋裡摸索，摸出幾張電影票，說，師母，又來新片子了。帶毛毛去看，香港的合拍片。

我們在星期天的下午，又走進了這家電影院。

這是個很好看的神話片，叫做《精變》。後來我知道，是《聊齋》裡〈小翠〉改編的。說的是個善良的狐狸精。因爲要爲母親報恩，遭受了許多的誤會、委屈，卻對恩人不離不棄，也眞是個倔強的狐狸。當時就覺得這隻狐狸很美，便很爲她受到的不公正待遇而不平。多年以後，偶爾再看到這部片子，倏然發現，原來狐狸精在後來紅遍大江南北的電視劇《西遊記》裡扮演了高老莊的高小姐。而她的恩人卻扮了唐僧，一時間，只覺是亂點了鴛鴦譜。這電影的結局，本來應該是大團圓的，苦盡甘來，卻終究留下遺憾。

走出影院的時候，木蘭又急急地走過來，還穿了那件綴滿了油彩的工作服，輕輕問我們：好看嗎？

媽媽笑著說，很好看。

那時候，在同樣的地方，也是一個女孩子這樣問我們，聲音裡發著怯。

木蘭阿姨在這天的黃昏出了事。

她在釘海報的時候，從木梯上摔了下來。送到醫院的時候，還昏迷著。醒過來，醫生告訴她，她的脛骨已經折斷了。

我們去看她。木蘭阿姨從病床上坐起來，抬起胳膊，伸出兩隻手，抓住了爸媽的手，說，老師，師母……

媽媽背轉過身去，卻將木蘭的手，握得更緊了一些。

這年冬天，爸爸調動了工作，離開了文化館。我們要搬家了。

爸媽帶我去和木蘭阿姨告別。木蘭阿姨還在影院裡工作。影院新來了個大專生做美術。蔣主任留下她，做了勤雜工。

木蘭阿姨還住在那個地下室裡。還是暗得很，白天都要開著燈。

靜靜地坐了一會兒，木蘭說，我有東西送給毛毛。她撐著床沿，有些艱難地站起來，從五斗櫥上拿下一樣東西，放在我手裡。我捧著看了一會兒，輕輕說，大篷車。

木蘭阿姨點了點頭。

對，正是這個夏天，我在露天電影院看過的電影。女主人公乘著大篷車，跟著心愛的男人浪跡天涯。這小小的大篷車，用鐵皮和鉛絲編成。還用心地紮上了彩帶，唯妙唯肖。

木蘭阿姨說，是你武叔叔做給我的……我不要了，要也沒用了。

我們離開的時候，木蘭阿姨要送我們。媽媽說，你腿腳不方便，別送了。我們已走出好遠了，回過頭，卻看見木蘭阿姨的身影，站在海報底下。這海報顏色斑爛得很，不是木蘭阿姨畫的了。

木蘭阿姨對我揮了揮手，瘸著腿，又往前跟了幾步。突然踉蹌了一下，便站定，不動了。

少年：外公．好萊塢

外公，曾經是開五金廠的資本家。這是少年時代的我，並不知曉的。大約因為他樸素與溫和的形象，在當時很難與這個詞聯絡在一起。

外公終日穿著一件洗發了白的藏青中山裝，推著自行車，往返於工廠和家。公私合營之後，他便成了廠裡的一名行政人員。他很少談廠裡的事情，儘管這是他昔日的產業。

退休後的外公，本就是個寡言的人，更多是用行動來表達情感與見解。這個年紀的男人通常的愛好，他也是有的。閒暇的時候，和同伴們相約打門球，在自己的院落裡修剪花草，黃昏的時候，搬來一把籐椅，看《參考消息》、《後漢書》和一本昭明太子的《文選》。往往看著看著，就睡著了。外公有一把胡琴，興起了，就自拉自唱一曲《黃金台》。唱完了，就搖搖頭。這胡琴老舊，弦早就都斷了。原都是上好的馬鬃，現在卻只能用細鋼絲替代。拉出來的音兒，味道都不對了。

天好的時候，外公就把他的藏書拿出來晾曬。梅雨天生的書蟲，最怕見太陽。我也樂得幫他的忙。這樣就發現書堆裡有一隻匣子，錦緞的面兒，邊角都有些發黃。打開來，手沒拿實，呼啦啦掉出一堆畫片。其實是些相片，撿起來，卻全都是不認識的。是些漂亮的洋人，都有著令我陌生的神情與姿態。我指著一個臉部輪廓非常美的女人問外公，這是誰。外公側過身體，眼裡有一絲閃動，問我在哪裡找到。他從我手裡接過照片，扶了扶老花眼鏡，輕輕說，這是嘉寶。

在外公的眼睛裡，我意外地看到了一絲柔情。這柔情並非是家常的情感表達。而是，近乎於一種憧憬。他將這些照片拿在手裡，一一告訴我，這張長著清澈眼睛的女人是瓊・克勞馥。而這一張黑頭髮的女孩，曾經和這個成熟和善的男人拍過一部叫做《羅馬假日》的電影。他叫葛雷哥萊・畢克。葛雷哥萊，我重複了一次，不知道為什麼，這個名字讓我想起某種食物的名稱。葛雷哥萊。外公將照片翻轉過來，讓我看後面非常繁複花稍的外國字。他說，這是畢克的親筆簽名。他們都是好萊塢的大明星。

這是我第一次聽到「好萊塢」這個詞。我以為這是某一個國度，如同匈牙利與捷克。而這些照片上，英俊或美麗的人，便是它的國民。

因為自身的背景，外公屬於一個叫做「工商聯合會」的組織。按理比民主黨派還要邊緣。但是，因為沒有太多方針大計的主題，其實在格局上更自由些。有時候，更像一種聯誼機構，經常組織一些活動。外公參加的，一個是京劇票友會。在那裡，可以見到許多老年的先生與太太。他們在穿著外貌上，和常人無異。甚至有的樣子更落寞些。一開嗓，便是石破天驚。總在牆角裡坐著的一位老先生，聽說曾經是一個小開。解放前爲了捧角兒，將家產敗了一個乾淨。這會兒倒是安安靜靜地聽戲了。外公也不上臺，只是聽，別人問起來，他便好脾氣地一笑，說，聽聽就好，不要獻醜了。

我是個小孩子，那時候也不懂戲。這樣和外公去了幾回，終於有些失去耐心，便不去了。

另外一個外公經常去的，便是一種「電影觀摩會」。定期的，在工人文化宮的一個偏僻的小禮堂。裡面常常沒什麼人。大家都是拿一種叫做「招待券」的東西去看。進去了，人們相互點一下頭，便參差地落坐。燈光漸暗。銀幕忽而亮起來，突然出現了一頭仰面咆哮的大獅子，將我嚇了一跳。

其實不用解釋，這大獅子是某個著名電影公司的招牌。但是，年幼的我，並沒意識到，這便是「好萊塢」的撲面而至了。

那次放的是一個彩色的原聲歌舞片。我感覺到這和平常在電影院裡看到的電影，是如此的不同。並不因爲演員們在說一種不同的語言，而是人們的神態與腔調。還有節奏，那樣迅即、開朗與簡單。繽紛或暗淡的背景，演員們踩著繚亂複雜的舞步，表達著歡樂、委屈、失意和重生。這仍然是個表現男女從相識、相知到相愛的故事。連同美好而似曾相識的橋段。但是，當時的我卻全然忽略。只記得叫做「唐」的男主角，走在暴雨滂沱的街上，突然合起雨傘，任雨水流淌在筆挺整飭的西裝上。接著，他扛起了傘，在雨中徜徉，唱起一首旋律優美的歌。腳下的舞步如同和著雨點的節奏，且疾且緩，全然不顧路人的目光。這一幕太動人，讓我第一次領受到，什麼叫做男人的「瀟灑」。

這首叫做「Singing in the Rain」的歌曲，成爲了一個世紀的經典，也是這齣電影的名字。

從電影院裡出來，外公推著自行車，載著我回家。夕陽的光，籠在祖孫倆的身上。我突然感到了某種生活的美好。外公沒有說話，靜靜地走，然而不知什麼時候，嘴裡輕輕地哼起了電影裡的旋律。外公的聲音，是一種很好聽的男中音。和那個叫做Gene Kelly的男演員華麗的聲線不同。這聲音讓人感到更爲安全與溫厚。我抬起頭，看到年過六十的外公，眼睛閃爍出青春的光芒。這是我所罕見的。

這齣電影對我造成的直接影響，便是在一個大雨的午後，我在樓下的水窪裡將水踩得嘩嘩響，然後做出各種激烈而盡興的動作。毀掉了一雙新買的皮鞋。

被我媽劇烈地譴責和自責，說怎麼生了這麼個缺心眼兒的孩子。

記住另一個雨天，也是因爲一齣電影，也與歌曲相關，那歌曲叫做〈友誼地久天長〉。在這個略顯簡陋的禮堂裡，這首歌曾縈繞不去。而銀幕上則是盛大的舞會場景。結尾卻是人生苦短。《魂斷藍橋》（*Waterloo Bridge*）。滑鐵盧橋，人生與愛情的滑鐵盧，大約有太多的不可預知。這部電影的印象已經模糊，因爲是配音版。至今記得的台詞，是瑪拉在車站見到服役歸來的情人，百感交集的那句：

「萊羅伊，你活著。」

在我記憶裡，費雯·麗是第一個與外公收藏的照片對應上的影星。她那雙綠色的眼睛，狐狸一般俏麗的鼻翼，給人的印象太深刻。

在我們走出電影院的時候，天上下了細密的雨。

外公牽著我的手，站在門口。我抬起頭，看灰濛濛的天。

一人走過來，站在我們身邊。是一個老婦人，頭髮已經花白，卻穿著顏色鮮豔的旗袍。這在八十年代的中國，是很少有的裝束。就算我的母親，頂時髦的也就是一條布拉吉（連衣裙）了。外公側過頭，愣一愣，並沒有說話。臉色卻有些暗沉下去。

這時候，有雨滴到我的領子裡，我連著打了幾個噴嚏。

老婦人將一把雨傘遞到外公手裡，說，走吧，孩子要著涼了。

老婦人打起另一把傘，上面有著藍白色的斑點。遠遠地離去了。她走動的時候，旗袍在身體的曲線上漾起了褶縐。衣服便如同活了過來，在雨水的漣漪裡盛放。這一瞬間，我突然感到了某種靈動的美麗。一個孩童的眼睛裡，能夠感受到的，一種最單純的美。

十多年後，我看到一齣叫做《花樣年華》的電影。仍然見到這種服裝不可一世的曼妙。但是，卻也沒有了感動的心情。

這身影在禮堂鐵柵的拐角處消失了。

我抬頭看看外公，他的目光似乎在更遠的地方。外公回過神來，拉住了我的手，說，走吧。

回到家的時候，外婆正在下元宵。在氤開的水汽裡面，外婆撩了一下齊耳的短髮。轉過頭來，對我笑了一下，說，就好了。今天咱們吃芝麻餡兒的。

我爬到椅子上，從五斗櫥上取下了一張照片。

我指著照片上的人說，外婆，你怎麼不穿這樣的衣服了。

外婆在圍裙上擦一擦手，戴起老花眼鏡，仔細地看了看，說，這怎麼還好穿，外婆的旗袍，都被破四舊破掉了。再說了，外婆年紀大了，還怎麼穿。

我再看一看，外婆有些臃腫的體態，已經不是這照片上的少女了。這少女是外婆的二姊，也是我的姨婆。小時候，大人們都說她嫁去了國外。其實是在文革的時候，吞了一把縫衣針死掉了。她的神情很嚴肅，但是，眞的很美。

外公從我手裡拿過照片，放回到五斗櫥上。然後說，四十多年前照的了。

這次以後，外公有很長時間沒有帶我去文化宮。

直到有一天朋友來看望。說，老哥，怎麼這麼長時間沒見你。下個星期的片子你準喜歡。《北非諜影》。記得嗎，那時候在「大光明」，排隊都買不到這齣戲的票。

這天下午，就見外公推了自行車，去學校接我。我坐在後車座上，外公默默地推車，好像有些心事。我還注意到，外公穿了件藏藍的中山裝，簇新的。以前，只有去政協開會才會穿的。

小禮堂裡，這一天坐滿了人。竟然還有些年輕人，搖搖晃晃地走進來，都穿著時髦的牛仔褲，把屁股綳得溜圓。光線暗下來的時候，有人使勁地吹了一聲口哨。但是畢竟沒有人呼應，便識趣地安靜了下去。

電影開始在一個亂糟糟的地方，法屬摩洛哥的重鎮，卡薩布蘭加。眞是亂糟糟的，作爲二戰時候去美國的中轉站。這裡成了很多人去向攸關的地方。離開這裡的全部憑藉，就是一張通行證。這裡也因此充滿了暗殺、逮捕與黑市交易。大部分人的工作，都只有等待。漫長的，甚至無望的等待。

這些人裡面，有一個異數。就是酒店老闆瑞克。玩世不恭又運籌帷幄的派頭，令所有人動心。然而他卻有他不爲人知的軟肋。是那支叫做〈時光流轉〉的歌曲，魔咒一般，記錄了他和一個女人的過往。當這個女人和她的革命者丈夫所夫洛再次出現，也便是事件的高潮。

等待後的抉擇，是伊爾沙和所夫洛在瑞克的幫助下雙雙離去卡薩布蘭加。有些傷感，但沒有悲情。還是那個瑞克，運籌帷幄，冷靜超然的感情主義者。這就是所謂的俠骨柔情吧。

在飛機起飛的一剎那，禮堂裡竟然響起了掌聲。是那些年輕人，控制不住的半大孩子氣。

散場時候，外公站起來張望。人稀少下去。燈亮了，我這才看到，他手裡多了一把傘。

祖孫兩個走出門去。我一眼便看到了穿著石青色旗袍的背影。外公牽著我的手，我的手在他手心裡緊了一下。

老婦人轉過頭，看著我們微笑。外公把傘遞給她，然後說，那天，謝謝你。

老婦人說，不客氣。

又低下頭看我，問，你孫子？

外公這才醒過神，說，毛毛，這是姚奶奶。

老婦人又笑一笑，很和氣。然而，臉上的皺紋也因此而密集，暴露出了她的年紀。她說，我也是個奶奶了。又說，這片子，配上了中國話，味道都不對了。

說完了，眼神便有些散，聲音也輕下去：他們，就都是一個「等」。

外公動動嘴唇，終於沒說什麼。

晚上，外婆折起那件毛料子的中山裝，說，你也好久沒穿過了。又去開會嗎？外公使勁抽了一口菸，然後把菸頭在菸灰缸裡重重地碾滅了。

現在回想起來，這偏僻的小禮堂，似乎成爲了好萊塢於我的啓蒙聖地。雖然這一啓蒙的過程並不似同齡年輕人的觀影經歷，那麼順理成章。大部分同齡人對好萊塢的認識，大約是在改革開放以後，與美國大片進軍中國市場的步伐同調。那種認識的過程，是絢爛的，甚至有種驚豔的感覺。《麥迪遜之橋》與《鐵達尼號》，不可思議地成爲了某種日常而不可忽略的話題。然而，我對好萊塢的認識，恰在曾經與未來兩個輝煌的斷層之間，有一種地下的狀態。青黃不接，基調有些蕪雜，甚至些許地落魄。那些突然間因爲拷貝品質陳舊而間斷的影像，或者是不很清晰的音效，都成爲我對於好萊塢最初印象的集合。

這些電影在另一方面，出其不意地影響了我審美觀念的塑成。當時中國的藝術氛圍，依然是整體社會環境的投射。電影作爲藝術，無法避免地也隨之成爲意識形態的藝術。儘管突破這種規限，成爲一代電影人的努力，但的確是舉步維艱。每一步小的突破，都可能在社會上掀起波瀾。《被愛情遺忘的角落》對中國人情感世界的衝擊；《廬山戀》裡的一個輕吻，竟然被冠以「中國電影第一吻」的響亮聲名，可見當時國人的驚心動魄。除了社會主義蘇聯，進口片基本上爲兩個鄰國的電影所壟斷。一個是印度，一個是日本。當然更早一些是阿爾巴尼亞，隨著與這國家外交關係的惡化，他們的電影也如同他們的香菸一樣在中國銷聲匿跡了。然而，即使前兩個國家的電影，在引進也常常因國情制宜，被修剪了資本主義的枝蔓。

而男孩子們關注的，多數是戰爭片。本土的戰爭片，往往還留存著樣板戲愛恨分明的傳統。《南征北戰》、《英雄兒女》、《地道戰》。好人都是英雄的臉譜，濃眉大眼，剛正不阿。壞人倒是並未落入獐頭鼠目的俗套，也算是壞出了特色。幾個經典的反角，陳強、葛存壯、劉江。他們扮演的鬼子、僞司令、漢奸，深入人心，直到現在都在被津津樂道。自然，他們的結局都不大好，幾乎是出現的時候就預見得到的。其中的所謂波折，也都是在爲英雄的業績打下更爲堅實的基礎。

然而，這種關於戰爭的成見，被一部好萊塢的電影所打破。這部電影叫做《西線無戰事》。德國的新兵保爾顛覆了我所有對於英雄的印象。第一次打仗，嚇得尿了褲子。戰友們陸續陣亡，讓他有關英勇的理想日益消沉，甚至絕望。在戰爭進入僵持階段，西線平靜異常。守在戰壕裡的保爾，看見戰壕上空有一隻美麗的蝴蝶飛舞。他爬出戰壕，想捉住蝴蝶做成標本回家送給妹妹。這時一聲槍響。保爾伸出的手顫抖了一下，猛地垂了下來。保爾是戰場新兵的最後一個陣亡者。當天德國司令部戰報上，寫著「西線無戰事」。

這一幕於我印象太深刻。斑斕的蝴蝶、流彈，與垂下的手。這是戰爭殘忍暗沉的底色。炮火轟隆，衝鋒陷陣，或許都是一瞬的輝煌，更多的還是灰燼。戰爭如同蠱，是因爲慣性的傷害。而人性，本就是如此的多元與軟弱吧。

這些對一個年幼的中國小孩，會造成某種影響。大概不會是太積極的東西。好萊塢爲人所詬病的商業性，如電子配比般精確的情節方程式，自然還不是我那個年紀可以思考的。但是，它卻向我展示了某種更接近於生活本質的東西。當我同齡的孩子們還在爲國產電影們心潮澎湃和歡天喜地的時候，我卻爲這種東西所刺痛，陷入了沉默。這一點是由我外婆首先發現的。因爲我不經意地表達了對生活的最初看法，認爲很「沒有意思」。並不合時宜地引用了《巴頓將軍》中那個充分暴露人性弱點的著名二戰將領的著名口頭禪，來概括了這種見解，就是：「狗娘養的」。外婆於是很警惕，向外公興師問罪，認爲如果不懸崖勒馬，我會因爲這些資本主義的影像糖衣炮彈而變成一個壞孩子。外公歎了口氣說，有些東西，他長大也總要知道的。外婆說，那也不用這麼早。外公說，那就不要去了。

在長時間的抗議無效之後，我已經表示了放棄。但有一天的週末，外公又說要帶我去看電影了。外公對外婆說，這回是喜劇，喜劇小孩子總是可以看看的。卓別林。

這個名字，似乎對外婆造成了某種寬慰。外婆說，去吧。

我在心裡默默地念這個名字。覺得它給我帶來了某種解救。卓別林。我與這個偉大的小個子的邂逅，便是因爲這樣一部叫做《城市之光》的電影。

這是一部無聲電影。並且是原版英文的字幕。對於一個孩童來說，似乎會造成困難。但是，我彷彿沒有對此產生任何理解上的障礙。默片因爲語言的減省，其實對演員的表演作出了更高的要求。對話成爲表演因陋就簡的形式；默片需要在沉默的場景中有波瀾壯闊的表達。

關於一個流浪漢的故事。他的舉手投足之間，都帶有了某種寫意的趣味。而這種趣味本身的符號性與簡潔非常接近於一個孩子對生活的認知。然而，這部電影的世界觀的內核，卻又是屬於成人的。笑料背後，掩藏著許多殘酷的東西。比方說，富與貧、等級與身分，成爲了難以逾越的界河。多年後的好萊塢，試圖以最溫情的方式模糊了這一界線。但在這部影片中，則以流浪漢這個角色冷眼遊刃於其中。類似於一則傳奇。但卓別林卻讓這則傳奇打上了譏諷的底色。一身富貴的流浪漢，和一個乞丐爭搶被路人棄擲的菸頭。白天是如此現實，夜比較接近於人性的本質。所謂城市之光，也許只是夜裡的一點路燈光芒。只是一點光，便拆解了一切強與弱的關係。一場對自殺的拯救，塑成了流浪漢與富豪之間的奇特友誼。他們一同狂歡，一同不著四六地製造笑料，一同分享財富。然而白天來到的時候，一切打回原型。富豪將手掌放在額頭上，茫然地看著前夜打救自己的流浪漢。然後以法律的名義將他送進監獄去。

唯一沒有變的，大概是這電影中流浪漢對盲少女卑微的愛。這愛關乎尊嚴，卻絲毫並不影響爲其忍辱負重。有些笨拙，卻又如此細膩。這細膩以同情和良善作底，足以將卓別林與同期好萊塢的其他笑匠區別開來。在一個孩子眼中，這種表達的吸引，大概因爲某種溫柔。這溫柔是屬於一個男人的，在喜劇粗礪的底色之下，格外的動人與偉大。我青春期的成長，曾經有另一個港產的笑星伴隨。儘管周星馳的喜劇表演，不停地受到各種質疑與挑戰。但我對他的欣賞卻未曾變過。理由之一，就是他舉手投足間，同樣會有一種溫柔。拋卻了一切刻意與做作的表象，這溫柔已有動人心魄的力量。《國產零零漆》中那個荒唐的後備特工，在被追殺負傷的時候，不忘爲暗殺自己的女間諜摘下一朵玫瑰花。帶血的白玫瑰，爲電影罩上了理想主義的光華。而這光華本身，卻是小人物心聲最美的代言。

《城市之光》是我在小禮堂裡唯一沒有看完的電影，也因此而印象深刻。而也是現實中發生的小意外，將這部電影的烙印再次加深。

在銀幕突然間暗淡下來的時候，電影中的日曆正在翻轉，代表流浪漢在獄中的細數流年。誰也不知道會發生什麼，但是，銀幕，突然就黑了。我在這黑暗裡呆呆地坐了一會兒，視力逐漸適應。當周遭都有了輪廓的時候，我發現外公不見了。

我不是一個大驚小怪的孩子。在幾秒鐘的慌亂後，我站起來，跟著時有怨聲的人流，往外走。

外面的陽光還有些晃眼。我瞇了瞇眼睛，站在禮堂的門口，看人們漸漸走遠，籠在了淺金色的光線裡。一邊想著流浪漢在監獄裡的度日如年。後來，禮堂裡的清潔工人走出來，將大門鎖上。問我家裡大人在哪裡？我搖搖頭。他皺一皺眉。這時候，一隻大人的手牽住了我。這隻手的綿軟，讓我感覺到不是外公。我抬起頭來，看到一雙含笑的眼睛。那個清潔工嘴裡嘟囔了一下，說，把你孫子看看好。走丟了怎麼辦？

她很歉意地對那人說，對不起。

這正是姚奶奶。她牽了我的手，說，走，去找你外公。

我們在文化宮的周邊走。我靠在姚奶奶的身邊，聞到一種好聞的類似植物溢出的氣味。還有在她走動時，呢裙會隨著她身體的擺動，發出織物簌簌的響聲。非常輕細，但也是好聽的。即使有些焦慮，她的走動仍極其安靜，與她優雅的動作渾然一體。更重要的是，我並不感到她是一個陌生人。

外公終於沒有找到。她說，累了吧？我們回家歇一歇。

我們似乎穿過了一條小巷。巷子很深，漸漸馬路上的嘈雜聲也不見了，幽暗靜謐下去。我們在一幢本白色的小樓前停了下來。這小樓的樣式，在八十年代我生長的時候是很少見的。有一種低調的洋氣。頂上覆著磚色的瓦，好多處的牆皮已經脫落，看得出有年歲了。有的地方還有淺淺的暗紅，那是標語的殘跡。通向大門有幾級小臺階，兩旁是護欄鑲著繁複的鐵製捲花，油漆也剝落了。姚奶奶掏出一串鑰匙，打開門，叫我進來。

裡面也是黑的，日光燈亮了，光有些發藍。陳設，則很簡樸，甚至稱得上簡陋。一張涼席捲著，倒躺在破舊的沙發上。突然滾動了一下，從裡面鑽出一隻毛色交雜的貓，倉皇地跑到黑暗中去了。姚奶奶輕輕喚了一聲，那貓緩慢地走出來，並不再接近，只看得見兩隻綠色的光亮的眼睛。姚奶奶說，亂得很，來不及收拾，政府才把房子還回來。走，我們上樓去。

往上走，光線越發暗沉。木製的樓梯發出吱嘎吱嘎的聲音。走到頂，是一個閣樓，上面有一扇天窗。一縷光柱打下來，地板上是一個溫潤的光圈。可以看得見其中飛舞的灰塵。姚奶奶依然打開燈。我才發現，這裡是個整飭的地方，有一個獨居老人營造的溫暖氣氛。靠窗戶擺了一把籐椅，上面有竹編的墊子，還擺著一份報紙。姚奶奶讓我坐下來，說，渴了吧。就打開靠門的一個冰箱。這種電器，在內地的八十年代還沒有普及。所以也是讓人有興趣的。姚奶奶拿出一支汽水，打開，遞到我手裡，冰涼涼的。這是一支「麒麟」汽水，日本產的。在我小時候，也是孩子們的奢侈品。我咕嘟咕嘟地喝下去，倏然有氣從喉頭升起，打了一個很響的嗝。人也一下子涼爽下去。姚奶奶無聲地笑了，摸了摸我的頭。

然後她挨著我坐下來，問我，今天的電影好看嗎？我說，好看，可惜不知道最後怎麼樣了。姚奶奶說，最後，那個姑娘的眼睛醫好了，能看見了。還開了一個花店。我高興極了，說，那太好了。

姚奶奶說，可惜，她已經不認識那個流浪漢了。

我聽了，一陣難過。低下頭，汽水瓶上已經密佈了水珠。水珠的涼意，順著手指慢慢地滲進身體裡了。

我抬起頭，目光在這個房間裡遊移，輕輕地說，馬龍．白蘭度。姚奶奶已經暗淡下去的眼睛，亮一亮，說，你剛纔說什麼。我指了指對面牆上的一張很大的照片，說，馬龍．白蘭度。這張黑白照片上眼光有些頹喪的英俊男人，《碼頭風雲》中的白蘭度。姚奶奶愣一愣，指著旁邊的一張說，這個呢？這是《魂斷藍橋》的劇照。我說，羅伯特．泰勒。年老的深情的軍官，手握著那個保護不了任何人的護身符。然後是加利．庫柏，《日正當中》中長著紳士面孔的牛仔。這面牆上的照片漸漸清晰，在我眼中鮮活起來。

姚奶奶問，都是誰告訴你的。

我說，外公。

她輕輕地「哦」了一聲，然後重複說，「外公。」

我看到她突然站起來。整張臉恰在落地燈的光亮強烈的照射下。上面溝壑密佈，而眼袋的輪廓，也沒有了粉飾遮擋。她，其實如同我的外婆一樣，也是一個老婦人了。

我忽然有些怕，不知道為什麼。只是有些怕。

姚奶奶躬下身，從一個赤銅色的木櫃裡，捧出了一隻方形的皮匣。她捧得吃力，看得出是有些重。她打開皮匣的搭扣，裡面竟然是一台模樣精緻的機器。我很快認出這是一台幻燈機。因為，爸爸在文化館工作的時候，曾經用過。不過，眼前的這一台，尺寸要小得多，簡直如同玩具。

姚奶奶關上了燈，拉上窗簾。就在這時，玩具一樣的幻燈機，射出一道冷藍色的光線，將黑暗割裂開來。

這光線投到了對面的牆上，便是白色的光圈。「卡」地一聲響，牆上出現了圖像。是一對緊緊依偎的男女，目光迷醉。男的是穿著條紋睡衣的克拉克．蓋博，女的是精靈一般的費雯．麗。是的，沒有比《亂世佳人》有更為令人心馳神往的愛情了。「卡」地又是一聲響，是畢克與艾娃．加德納，《雪山盟》。

這張照片給我的印象深刻。多年後看到《色，戒》，猛然意識到似曾相識。

加德納的魅惑眼神，即使是對一個孩童，也同樣攝人心魄。下一張是《驛馬車》，西部片的經典。照片裡的克萊麗・崔華和約翰・韋恩，臉上還有風塵。同樣堅強的眼睛，無關風情，關於生命和力度。我一一念著他們的名字，最初是一個小孩子的虛榮心，爲了炫耀自己的博聞強記。這會兒已經淡去。我只覺得這些臉龐有一種十分遙遠的親切。這些成雙成對的影像，記錄了在另一個世界的時光流轉。這種感覺讓我嚴肅起來。

又一張，是好萊塢最璀璨的嘉寶和她的搭檔吉伯特，雖然兩個人有著親密的姿態，但嘉寶眼中仍然有一種凜然的神氣，是孤獨的。

「請讓我一個人呆著。」我聽見身後傳來姚奶奶的聲音。我一愣，回過頭去。多年後，我終於知道這是嘉寶在《大飯店》裡的台詞：「請讓我一個人呆著。」

但這個時候，我回過頭去。看到的，是暗淡光影中的姚奶奶，淚流滿面。

幻燈的最後一張，是一對中國的青年。背景是一幢建造堂皇的建築物，上面寫的字我都認識——「大光明」。然後是繚亂的燈火與人群。這對男女，表情矜持，卻在笑意裡暴露了親密。男的穿著西裝，打著領巾，都是應時的。女的穿著素淨的旗袍，手插在男人的肘彎裡，是依偎的姿態。我靜靜地看著這張照片，再沒有勇氣回過頭去。這女子的笑容，與身後老婦人的神情交疊，竟不差分毫。而那個清俊的年輕男人的臉，也出現在我們家的相簿裡，是如此熟識。那是我的外公。

我記不清我是怎樣被姚奶奶送回家的。也不記得後來又發生了些什麼。或許這些都已無關緊要。對一個小孩子來說，那些烙印一樣的影像，有著比過程更爲深重的痕跡。

我在上小學的時候，離開了外公外婆。再一次經過文化宮的時候，發現那個小禮堂已經被拆掉了。

也並沒有再起別的房子，只是荒著。這一刻，我才發現，原來這裡是個很開闊的地方。只有一道圍牆，越過去，就是無限的天空了。

青年：裘靜・物質生活

再一次經過那裡，目標已經拆卸。工人們有條不紊地工作，舉重若輕，彷彿卸除舞臺劇的佈景。遠遠地，我看到那張「三十九級臺階」的海報，支離破碎地懸掛在牆上，如同頹敗的葉。

這裡曾經叫做「物質生活」。

我第一次經過，看到裘靜趴在櫃檯上，手裡夾著一支菸。這與她嫻靜的神情，略微不相稱。

天已經黑透，這家新開的影音店坐落在社區的盡頭。日光燈的顏色有些發紫，無精打彩。

我走進去，隨意地看，眼光也很游離。這時候，大約是我無規整的半年，成爲我人生的一個間隙，無處安插。我讀完了一個碩士學位，在人生的好年華，理想卻渺茫。白天在一間出版公司工作。忙則忙，倒也心裡沉靜。下了班，便突然閑了下去。還是男孩子們氣血旺盛的年紀，有許多無處釋放的精力。本來是喜歡看書的人，大約在公司和文字打了太多交道，下班則疏於閱讀。大多揮霍體力，打球，打遊戲，或者去健身房。

大汗淋漓地走進去，冷氣在皮膚上激起很多細密的雞皮疙瘩。看著架上一些或生或熟的片名，我突然發現，我已經很久沒有好好地看電影。

店堂並不寬闊，空間卻沒有充分地利用。四圍是半人高的木架，上面是影碟，用來給客人挑選。我看清楚了，牆的上半截，貼滿著巨大的電影海報。並不是時下熱映的電影，都已經有些年頭。《廣島之戀》下角有幀小照。不是亞倫·雷奈，是莒哈絲飽含風霜的臉。《巴黎野玫瑰》被翻成了黑白色，女主角的眼睛就深邃了些，稀釋了戾氣。伍迪·艾倫傻笑著，頭髮的走向卻不可一世。這些人像重疊、延伸到了天花板上去。在淺紫色的光線裡若即若離。

我一時有些遲鈍，眼神在架上蕩了一下。揀起一張《八又二分之一》。封面上的男人側著身體，失神得很。其實對於費里尼，一直有些抗拒，不知道爲什麼。大約因爲盛名之下，總是有些怕失望。這時候，身後響起了纖細的聲音，卻很清楚。「新來的貨，Ｄ５轉Ｄ９。」

我回過身，看見靠在櫃檯上的老闆娘。她低著頭，在翻看一本雜誌。似乎剛纔的聲音與她無關。這時候卻抬起臉，迎上我的眼睛，問：想找什麼片子？她身後是一張巨幅的海報，《三十九級臺階》。陰鬱的階梯盡頭，是希區考克臃腫含笑的臉。我便隨口說，推理的吧。

她合上雜誌，嘴裡輕輕地重複了一下，推理的。

我看見她的眉頭蹙了一下。希區考克笑容依舊，這時候有了嘲意。

她走過來，並沒有在架上翻找，卻打開下面的小櫃，取出一張影碟，說，野村。

我接過來，看見這張碟上已經落了些灰塵。上面寫著《砂の器》。這是我當時不知道的一部電影。灰色的底子，戴著墨鏡的年輕男人，面前擺著一架鋼琴。上寫著另外一個名字，松本清張。

我不知道自己會成爲這個名字的愛好者。但卻在編劇裡看到了山田洋次的名字，於是決定買下來，不過還是問了一句，好看？女人的表情很嚴肅，輕輕地說：還行。

晚上看完了這部長達一百四十三分鐘的電影。作爲推理片，或許不夠扣人心弦。實質上，這是個日本「于連」的故事，但是他不動聲色的殘忍，還是讓我微微吃驚。一個人，可以對自己的出身如此的憎惡。然而同時，他優雅的手，卻將這憎惡在鋼琴上彈成了眷戀。

這電影貫穿著陣痛式的音樂，有一種奇特的吸引力。或者來自於氣質詩意的中年警探。是他令這故事面目清晰，顏色沉鬱。他如此不屈不撓地追尋一個人命運，去窺探、拼接、修補。當輪廓漸漸完整，他也黯然。謎底揭開，是一個宿命的天才，因為不甘宿命，將愛與現實分解，用傷害回饋傷害。

這個叫野村芳太郎的導演，故事講得清澈舒緩，弛大於張，有大將風。我倏然想起，我對他的認識，是因為《八墓村》，橫溝正史曾是我的大愛。

第二天傍晚，我又去了音像店，發現沒有開門。事實上，僅僅是將一樓一個單元改造而成，封住了陽臺作為門面。因為外觀過於樸素，幾乎看不出是一家店。然而，近旁卻有一塊原木的牌子，上面用楷書寫著：「物質生活」。字的筆劃是鐫進去的，內裡著了墨，看得出，用了很多的氣力。

沒有人會在意，這城市裡充滿了變數。何況一家不起眼的舖頭。

黃昏的時候，我下班回家，看到她站在社區門口。她手裡拿著一疊傳單，見有人過來，就伸出手去，動作機械。有人擺擺手，沒去接。有人接過來，看一眼，往前走幾步，順手塞進了近旁的垃圾箱。

她的神情還是很嚴肅，沒有笑容。

我在想，這是不利於她的事業的。

我走過去，接過她手裡的傳單。其實在這個身處鬧市的社區，每天都會收到各種各樣的廣告傳單。街頭，信箱，甚至插在你的汽車照後鏡上。內容無非是米粉店的「開業誌喜」或者手機美容店的「買二贈一」。文字與圖案，都是喜氣洋洋的。

然而，我手裡的這張，看得出，是精心設計過的。黑色的底，是一張光碟的形狀，沿著碟片的弧形，密集地寫著一些人名。大多是導演的名字，有些我並不認識。它們交織地排列著，有如清冷夜空中繁盛的星斗。

下面是四個銀色字：物質生活。單上另外附了一張名片，用釘書機釘上去。有店舖的地址，預訂貨品的電話號碼，也有一個名字：裘靜。

我走開了幾步，聽到後面有微弱的聲音，謝謝你。

我錯了下神，回過身，她低著頭。這時候，夕陽的光線打在她的臉上。她已經不年輕了。

「物質生活」，成了我悠遊生活的一個補充，它不再這麼空洞。我沒有預見到後來所發生的事情，因爲，它只是我規律生活的一個環節。三不五時地買一張碟片，彷彿經過社區的路口，順手買上一只缽仔糕。賣糕餅的大爺，佝僂著身體，數年如一日地坐在那裡。你走近他，他會笑。但是絕不多說一句話。這社區裡的，都是熟悉的陌生人。

我看過了《零的焦點》、《影之車》、《鬼畜》、《迷走地圖》。幾乎是野村與松本珠聯璧合的全部。走進音像店，這一天店裡熱鬧些，我才發覺櫃檯上多了一台小電視。掃了一眼，在播卡拉ＯＫ。聲音是Bryan Adams的，圖像卻是俗豔的中國背景。那時候還有很多這樣的卡拉ＯＫ，留著大波浪髮的泳裝美人，毫無意境地對著鏡頭傻笑。

店主，現在知道叫裘靜，捧著本書在看。
我照例在架上翻翻找找。如果沒有收穫。裘靜會走過來，果斷地推薦一部。她很少失手，換言之，我也就很少買錯。
但是，今天，她好像有些心不在焉。
Bryan Adams 的聲音戛然而止。店裡就變得突然的冷和安靜。
小弟。
我有點茫然地抬頭，以為她在叫一個熟人。
但是這次很清楚地，她在看著我。神情依然嚴肅，但眼光柔和了些。
我說，啊。
我手裡正捏著一張《E. T.》修復版，還沒想好要不要放回架上去。
裘靜合上書。我一眼看到，這本書的作者，是一個著名的影評人，筆名怪異，是我的老鄉。
我們聊聊天。她說。
我說，哦。

她說，你在讀書？我說，沒，工作了。

她搖搖頭說，看不出。

我在想，是不是我整天臉上都掛著無所事事。

於是我說，是工作了，在出版社。

她說，工作的人，不看這些。

說完這些，都沉默了一下。她看一眼錶，站起身，我要打烊了。停一停又說，接我兒子去。

我說，哦。

就準備走出去。

這時候，她叫住我，從眼前的盒裡抽出一張碟，新片子，《大象》。

我接過來，手伸到褲兜裡。

她擋一下，說，這張送給你。在你身上賺不少了。

湛藍的封套上，是金髮與黑髮的青年男女。這藍的顏色如此不肯定。當我看到導演是葛斯・范・桑（Gus van Sant），想起多年前看《心靈捕手》，年輕的麥特・戴蒙，演繹魯莽的草根天才。所有的神情都絲絲入扣。這導演太鍾情和擅長於人的興奮與落寞。但他不善於向人致敬，《驚魂記》將希區考克拉下了水，便無法浮起。令人失望到極點。

《大象》，這標題教人想起林區的《象人》。當最後一聲槍聲響起。我想，范・桑回來了。冷靜的，不加掩飾的自制。波特蘭當地的高中生，平凡的一天開始。工整而寂靜的影像，誰也看不出醞釀著爆發。簡潔與日常交纏往復，神情落寞的女孩，醉酒的少年約翰，遭人議論的情侶。年輕的照相師，將人物概括成了命運的螺旋。課堂上的戲鬧，溫暖卻隱隱不安。缺乏頭緒的、精緻的運鏡，從容優雅，也是范・桑的。但不同於《傑瑞》，不再是難以拆解的私隱的密碼。它的開放有目共睹。無休止的長鏡，筆鋒一轉，虛焦處是少年與玩耍的狗。電腦射擊遊戲，預兆殘酷的現實演習。生活就是生活，一切意外都是洶湧的暗潮。當血腥的校園屠殺案眞正發生，那雙嗜血的手，幾個小時前在彈貝多芬的《月光奏鳴曲》。溫柔與暴烈一樣永恆，皆無緣由。直到沉悶被槍聲劃開了傷口，鮮血譁然而出。但是，那雙絕望的眼睛，依然純淨得讓人心悸。

我拉開窗簾，外面一片大亮。心裡也舒暢了一些。范・桑讓你想到了一種獨立的生活，眞實而消沉，呈現靡遺。

再見到裘靜在三天後。店裡轟隆作響，裘靜低著頭在吸塵。看到我，關了吸塵器。將頭巾取下來，在胳膊上撣一下。抬起頭，我覺得她的臉色和悅了些。

走進來，才發現櫃檯底下有個小男孩，坐在小馬札上。男孩長得很清秀，眼光卻有些怯。和我對視了一眼，又轉過頭盯著電視螢幕。電視上在放《麥兜的故事》。「馬爾地夫，椰林樹影，水清沙幼，坐落在印度洋的世外桃源……」麥兜活在幸福的謊言裡。香港山頂一日遊快樂而苦澀。小男孩看得格格笑。在這個年紀，大約還看不出，這齣電影其實是悲涼的成人童話。

路仔，叫叔叔。小男孩抬了一下頭，沉默下去，笑聲也沒有了。裘靜走過來，把男孩手上的奧利奧拿過去，說，這麼甜，吃沒個夠。然後用毛巾擦擦男孩的手。

邊擦邊說，「還沒上幼稚園，沒有戶口，什麼都難。」

我說，你不是本市人？

她苦笑了一下，說，這個城市，有幾個本地人？

男孩仰起頭，認眞地聽我們的對話。

這時候，有兩個客人走進來。裘靜走過去招呼。我走到一旁，發現架上多了阿巴斯的新片子。紅殼子，叫做《TEN》。

我取下來，走過去付錢。裘靜在找錢的時候，塞給我一張傳單。說，週末有個電影觀摩會，在大市口。內部的，有空就來吧。

當我轉身離開的時候，看見有個平頭男人從裡間走出來。嘴裡叼著一根菸。他略略張望了一下，從碟架上拿了一只打火機，又走進去了。

《TEN》，DV的影像讓人有些眩暈。長久的鏡頭，對準了女計程汽車司機的臉。這是一個人漫長的工作過程。仿紀錄片的風格。瑣碎的言語交流，劇情的極致淡化。計程車在德黑蘭的街頭停停走走。離了婚的伊朗女人，只是爲了獨立事業的權利。十段對話，發生在司機與乘客間，各自剖白心事。面目模糊的老婦，萍水相逢。訂了婚的女人，祈禱後幸福的表情和聲音，有些刺痛聽者。把玩傳統的風塵女，是伊斯蘭世界的異景，她嘲笑司機對愛情與婚姻的餘念。再次上車，卻只有飲泣。哭泣的還有訂婚的女人，因爲婚約取消。唯一的男性角色，幼小的伊朗男孩，司機的兒子。他不理解，也無法原諒母親。單薄的身體裡是巨大的男權的暗影。在疏淡的全球化背景下，這輛計程車承載著傳統重荷，且行且遠。還是那個阿巴斯，不判斷什麼，也不期望什麼，一個人在人群中安靜而熱鬧地生活。

這部電影，多少是沉悶的。沉悶的不是劇情，而是缺乏希望。未來太過確定，誰也無法改變。我打著瞌睡，看到影片的最後，兒子又一次坐進母親的計程車，冷冷地說：帶我去奶奶家。

大市口是鬧世裡的荒涼地。早年是工廠區。工廠搬去了遠郊，廠房卻留了下來。又過去了許多年，落寞與破敗一如既往，內裡卻被另一種力量滲透。一些藝術家，悄悄地進駐，改造了它的質地。這些廠房，灰黯粗糙的皮膚底下，有了新生的血肉。獨立畫廊、搖滾樂隊的排練廠、民間小劇場，各行其是，自得其樂。

然而穿梭在這些廠房間，並看不到太多生命的跡象。裘靜提供的地址，在這個廠房區最邊緣的地方。門口有個戴棒球帽的人，看了我一眼，伸出了手。我將那份傳單遞給他。他對我努了努嘴，衝著近旁的鐵柵門。我掀開門上厚厚的布簾，走進去。裡面很黑，可以看見一些稀薄的光。在轉角的地方有一個樓梯，也是狹窄的。

走上去，才聽到有聲響。迎面的銀幕，在黑暗裡有些刺眼。半裸的青年，凶猛地摑了女孩一個巴掌。臉部放大的特寫，讓我看清楚，不是憤怒，而是某種不知因由的興奮。

裡面人已經坐滿了。我茫然地站了一會兒，旁邊有人往裡頭挪了一個位置，讓我坐下來。我感激地看一眼。他擺擺手，指了指前頭的銀幕。

這部影片有一個學生運動的背景。青年男女有著剛硬的對白與行爲，我行我素，愛恨由人。包括犯罪，其實沒有不得已的初衷，更像是爲了充實快感。敲詐、鬥毆、相互計算，在年輕的底色下直來直去。終於，她對她的獵物，一個中年男人，動了情。或許只是一瞬間的體貼，因爲她的哭泣。她離經叛道的刺，軟化成世俗的歡愛。最終，他們都倉促地死去了。

這時候，旁邊的人，點起一支菸。味道蔓延，有一種格外清凜的氣息，發著一些苦。我當時並不知道，是大麻。

燈亮了。我看見裘靜站在最前面，和人說話，眼神有一些散。然後又走到後面來，將放映機關上了。一束光滅掉了。人群散了。裘靜這時候看見了我，笑一笑。她身後走來一個男人，平頭。這次看清了眉目，有些凶。他將手搭在裘靜的肩膀上。裘靜猛回過頭，將這隻手，輕輕拿掉了。

切——我身旁有人發出不屑的聲音。我轉過身，這才看清楚我的鄰座。是個瘦削的年輕男人，留著中長的頭髮，臉色有些發青。他對我笑一笑，羅曉魯。聲音有些含混，菸還在嘴裡。

羅曉魯告訴我住在西夏路。所以搭伴去車站。他告訴我他是美術學院的老師，教油畫和木刻。我說在出版社。他說，出版人，好，以後出畫冊，找你。

然後我們就再沒有說話。快走到車站的時候，他停下來，問我怎麼會認識裘靜。我說，在她的音像店。他又笑了，說，那個是小生意。她主要是賣這個，他撮起手裡的菸，在我眼前晃了晃。然後他使勁吸了一口，將菸頭彈出去。菸頭劃了道弧線，落在一個中年女人腳邊。女人輕盈地跳了一下，然後開始罵娘。

看到這陣勢，羅曉魯攔了一輛計程車，絕塵而去。

快到年度盤點的時候，社裡有很多書半價銷售。有一套BLACK CAT的幼兒學習叢書，看上去不錯，我就買了下來。

我將書放在櫃檯上，說，送給你兒子。

裘靜眼睛亮一亮，語氣倒很平靜，瞎花什麼錢。他也不認識幾個字。

我蹲下來，將一本書放在男孩手裡。

男孩看上去，比前陣子胖了一些。還是怯，眼光有些發直。我看他將一本書打開。

我說，還沒上幼稚園麼？話音剛落，就聽到「嗤拉」一聲響。男孩將道林紙的封面整個地撕了下來。撕得很仔細，很專注，蹙著眉頭，好像在做一件嚴肅的事情。

我一時有些發呆。

裘靜走過來，一巴掌打下去。男孩反射動作一樣護住了頭，埋下身去，沒有再抬起來。書落在了地上。

裘靜撿起來，說，就是這樣，哪有幼稚園敢收。

我愣了好一會兒，還是問，這孩子怎麼了？

裘靜的聲音，幾乎有些輕描淡寫，自閉症。

然後又輕輕地說，報應。

《藍絲絨》（*Blue Velvet*），大衛・林區在一開場安排了明亮湛藍的天空與白色籬笆及嬌豐欲滴的玫瑰和鬱金香。鏡頭在美國小鎮和平生活的一天景色中遊移。Bobby Vinton的聲音抑鬱，隱隱埋藏不安。草地上的殺戮，殘缺的耳朵。好奇的青年，傷痕累累的女主角，是畸戀的見證，由抗拒到耽溺。曼妙與高貴的藍絲絨下，腐敗、陰暗與邪惡。林區和你做心理的遊戲，步步為營，牽引你進入他的陷阱，當你知道錯了已難以自拔。結尾依然平靜，只是告訴我們，生活的畫皮之下，險象環生。

我決定去裘靜那兒找找《穆赫蘭道》。這片子似乎更為晦澀。但相比對這個導演的好奇心，卻算不得什麼。兩個臉色蒼白的青年人，從音像店的裡間走出來。眼神興奮地茫然，遇到我有些躲閃。他們耳語了一下，側了側身，從我旁邊走過去。我們之間有了不必要的寬闊空間，好像我是龐然大物。

又到大市口是在兩個星期後。那天天氣陰沉，空氣裡擰得出水。在這南方的城市，有許多水淋淋的日子。而這一天，卻有一種窒熱將水變成了氣體。四周比夜晚更加令人辨識不清。但是因為格林威，我還是決定走一趟。

一直聽說《廚師、大盜、他的太太和她的情人》是一部奇片，不容錯過。走進放映室，銀幕上是鬼影幢幢的建築和有氣無力的霓虹燈。水泥地面泛著金屬的幽藍光澤。那個叫做竊賊麥可的男人出現。暴力，毆鬥，無主的野狗興奮低沉地狂吠。

猩紅色調的餐廳，極致表現主義的浮華。餐桌陳設、屋頂、紅得太濃烈密集，令人疲憊。竊賊盛裝，化身老饕。食客盈座，人聲鼎沸。空氣中是貪婪的氣息，茂盛地繁衍。

廚房冰冷的暗綠色，連場上演著妻子海倫和情夫的情愛默劇。肉體纏繞，靜冷的燈光裡蔓延著欲望。腐爛的氣味，壓抑的氛圍潛藏著密集的性，詭異骯髒的美感。

停車場。餐廳的後院，幽暗的藍色籠罩，老饕發洩著最隱密殘酷的衝動。被監視的妻子遭受凌辱，四周是曖昧沉默的夜色。逃脫。妻子和情人渾身赤裸，藏在生蛆的腐肉中，廚師駕車送他們奔向出路。

被烹製的情人成爲老饕最後的盛宴，也是格林威對裸露的極端隱喻。七個貪得無厭的夜晚。刻意營造的形式將銀幕導向粗魯的現實。人類的欲望是如此不堪一擊。即使有舞臺的間離效應，異質的影像仍然過於濃烈，令人不適。內裡卻是惻隱。

電影在槍響中落下大幕。我一時有些發愣。這時候有人走過來，經過我，低聲說，走，去喝一杯。

是羅曉魯。不過一個月的工夫，他的頭髮剪短了，留了個冷颼颼的平頭。

羅曉魯並沒有等我回答，就這麼走出門。我只有跟上去。看他在前面走，是昂首闊步的樣子。一雙軍靴踩在雨水積成的水窪裡，發出嘩啦嘩啦的聲響。他也沒有避，又踩進下一個去。

走到百花路，他的步子才慢下來。幾年前這條路上，出現了酒吧。開始是一些點，後來連成了片。因爲都是民房改建的，格局都差不多。主題卻有些不同。我進去過的，其中一個，叫做「蒂果主義」，其實是個「反帝」的酒吧，民族情緒濃重。還有一個「大眼狼」，是個內蒙人開的，裡面的烤肉很好吃。

他在一個酒吧前停住。這個酒吧門面闊大一些，門框上鑲著巴洛克式的石膏條裝飾。半面牆上是德拉克洛瓦的作品《自由領導人民》，但人物的身形比例誇張，是卡通版的。門楣上兩個筆劃稚拙的字：「馬賽」。

我們在招搖不定的燈光裡坐下，臺上有個面相成熟的女人在唱〈Hero〉。羅曉魯一直埋著頭，面前是一杯馬丁尼。

大概過去了半個小時，我聽他呷了一口酒，輕輕說了句話。

我問，什麼？

這時候他抬起頭，說，我被藝術學院除名了。

我有些愕然，遲鈍了幾秒鐘。還是問：爲什麼？

羅曉魯掏出一包菸，抽出一根，點上。他把菸舉到我眼前，緩緩地說，爲了這個。

看著這根菸，沒有任何異樣。接過來，這時候煙柱嫋嫋升起，有些發藍。我終於聞到一種類似於燃燒草木的清苦味，這是不同於任何香菸的味道。並不濃烈，卻有些衝鼻。我猛然回憶起和羅曉魯的第一次見面。

是大麻。羅曉魯聲音清晰地重複了一次，大麻。

我的手抖一下，菸掉落在桌上。

羅曉魯似笑非笑，惡作劇的神情。

大麻抽多了是不會過癮的，我偶爾加一點可卡因。它們對沒靈感的人眞的有好處。

他輕描淡寫，彷彿在介紹一種胡椒粉配方。這是準備激怒人的，我將那根菸狠狠地碾在菸灰缸裡，說，你好好的幹嘛抽這個？

羅曉魯死灰一樣的臉，輕微地抽搐，生動起來了。他貼近了我一些，眼睛裡有灼熱的光亮。我聽見他說，你應該去問音像店的老闆娘。
這時候酒吧的投影電視上出現了約翰・屈伏塔的面孔。年輕的暴烈的音樂，不合時宜地響起來。《油脂》大約也是許多個年輕人一時的夢，儘管這夢來自大洋彼岸。副歌的部分，有人和上去。是有口無心，但卻順理成章。
這首歌成爲剛纔那個話題有益的間歇。我重新鎮靜下來。羅曉魯說，你知道嗎，其實我也很奇怪，她爲什麼現在還沒有對你下手。
我頭腦裡開始勾勒這女人的臉，但卻支離破碎。
羅曉魯抬起手，在後腦勺上抓了一下，手指有些猶豫。我想他是抓了一下已不存在的長髮。這時候酒吧的門響了，走進來一對陌生的男女。這兩個人帶動了羅曉魯本來虛無的視線。
這時候我聽見他說，我第一次見到她，覺得她眞美。她這樣子是很少的。這城市的女人都急吼吼的，不是嗎？可她話那麼少。後來熟了，話多一些，聊的也只是電影。再熟了，知道她是一個人，兒子留在外地。她說音像店，生意其實很清淡。可她不要人接濟，我就把供房剩下的錢，都來買了她的碟。會員制的法子，也是我想出來的。只是沒料想她後來用這法子作了別的用途。
羅曉魯苦笑了一下，說，誰知道她什麼時候和丁黑搭上的。

我說，丁黑？

他說，嗯，你大概見過。上次在放映廳，站在她身後頭。這人有點勢力，也不知到底做什麼的。哦，其實她第一次給我東西抽，我就知道是大麻。我沒點穿。我心想，只要能幫上她吧。那陣兒我天天都問她有沒有貨，她以爲我是上了癮。其實我買了，也就是囤著。後來，我知道了她也賣給別人，還發展了下線，用的就是會員制的名堂。我才知道，她是當生意來做了，把自己也當了貨。知道也遲了，我就眞的抽上了。

羅曉魯一仰頭，把酒喝乾淨，連杯裡的冰都嚼得脆響。他打了個響指，說要點首歌。羅曉魯站起來，腳底有些發飄，我想扶他一下。他胳膊一甩，擋開了，搖搖晃晃地走到了臺上去。音樂響起來，我便知道，他是要將這首歌點給自己的。「Hopelessly Devoted to You」。

燈光暗淡，羅曉魯身形瘦削，影子投在身後的牆上，曲折細長。嗓音卻渾厚。這首歌裡的痛就深沉了些。我付了帳，自己走掉了。

在下一個星期二，我終於見到了裘靜。看到我，眼裡有了一點欣喜。她拿出一張電影，說是侯孝賢的新片子。《咖啡時光》，給小津安二郎的百年紀念。

我猶豫了一下，說，咖啡沒有菸的味道好。

沉默是意料中的。

她聲音低沉地問，誰告訴你的？

我沒有說話，看見音像店裡間的布簾子，被小小的手掀起了一角。小小的男孩探出頭，警惕地張望，然後走出來，在房間一角的小馬札坐下來。再抬起頭，眼睛裡卻有安詳的光。

我說，你不該這樣生活，哪怕爲了孩子。

裘靜翹起嘴角，一瞬間已恢復到了初見時的面無表情。她用更爲平淡的聲音說，這孩子。靠賣咖啡，養不了他。

這時候，我聽到小馬札不安地動彈了一下。小男孩的眼神緊張起來。他輕輕咳嗽了一下，開始尖叫。

裘靜迅速地走過去，將一副碩大的耳機戴在孩子的頭上。然後蹲下，緊緊摟住那孩子。一面緩慢撫摸著孩子的頭。男孩安靜下來，喃喃自語。

這時裘靜回過臉，眼神麻木地微笑了。她說，你知道，這樣的自閉症孩子，一個月療程的費用是多少？一年要花多少錢麼？

我並不知道。

我在長久的語塞之後，說出了蒼白而愚蠢的話，我說，孩子的爸爸呢？

裘靜的肩膀顫動了一下。

她說，你走吧。

我木然轉過身，聽到裘靜輕輕叫住了我。她將一張影碟塞到我手裡，然後說，你走吧。

我至今不知道，在那一瞬間，裘靜爲什麼拿了這部電影給我。或者，只是因爲順手。

是那部《E.T.》，二十年紀念的特別珍藏版。封面上，是藍色天幕的背景，兩隻靈光一觸的手指。

我坐下來，看到了小外星人在CGI技術的修補下完善生動的臉。再次聽到年幼的茱兒·芭莉摩那聲著名的尖叫，當時她只有六歲。

我還可以說什麼。當E.T.學會了人類的第一句言語：E.T.打電話回家，影片中的洋溢著驚喜的聲音。我感到一陣心痛，這其實本質上是個在講述孤獨的電影。孤獨的可以是一個，也可以是一群。

影片的結尾，小男孩艾里奥特載著E.T.與夥伴們，騎著自行車奔向太空。或許，只是不知名的未來。我按下了暫停鍵，看那碩大的藍色月亮懸掛在漆黑的夜色中，裡面有深暗的陰霾。

於是，對於裘靜與「物質生活」的消失，我沒有太多的意外。彷彿她的出現，也是某個順理成章的起點。

所有的，都已過去了半年。

是的，還是那個女人，趴在櫃檯上，手裡夾著一支菸。水靜風停。外面一片澄淨，是午後的好陽光。

「唰」地一聲，我睜開眼睛，看見一個工人，正用力將一張紙從牆上大把地撕下來。聲音在空曠的室內迴響，裂帛一般。

那曾是一張電影海報。

「三十九級臺階」。

代跋

拾歲紀

說起這十年，一時間不知從哪裡開首。

姑祖母家的平安夜。我站在天臺上，遠處是西貢夜色裡的一灣海。明暗間是散落水中的島嶼。淺淺的海浪激盪，島嶼便是浮動的船。

院落裡燈影闌珊，聖誕樹兀自精神。夜已微涼，姑祖父身上蓋著厚厚的毯子。坐在籐椅上打瞌睡，家人早就叫他回房。但他不願，不願意錯過熱鬧。寧願做這熱鬧裡的佈景，才會甘心。客人早都散了，熱鬧卻還是濃厚地在餐桌上、草地間堆疊。小狗不知倦，將李醫生的雙胞胎留下的玩具叼著，在院落裡巡遊。姑祖母還在絮絮地和母親說話。講的依然是往事。這夜裡，將陳年的事情都釋放出來，稀釋在這城市的空氣裡。

我的家族，與這城市無所謂淵源。出現人生的交疊，只在歷史的關隘。抗戰伊始，祖父從教授任上退下，輾轉到此，是因了舊派知識分子的良心。終於匆匆地還是離開，這地方不是久居之地。姑祖父母，留下來了。他們都是浪漫的人，革命的浪漫主義，經歷了現實的考驗。姑祖父是香港人，追求姑祖母用的是藝術家的愛國心。建國初期，背棄了家庭來到北京。成就了中央歌劇院一段千里姻緣的佳話。然而，終究是單純真實的人，六〇年的時候，雙雙發落到了東北。這其間的艱難，用音樂與樂觀傾軋過去，居然也就水靜風停。終於回到故里，站在羅湖橋上，姑祖父淚眼婆娑，向左望去，招展的旗幟仍紅得悅目。這是十多年後了。

時光荏苒，四十年也總是留下痕跡。變不了的是姑祖母的鄉音。將近半世紀的香港生活，老人家還是地道的老北京的女兒。說起話仍是俐落爽脆，講到興處，仍是朗聲大笑。

舊年我博士畢業，在紅磡體育館舉行了典禮。一家人拍了照片，沖印出來。姑祖母看著笑著，終於有些動容。她指著這巨大的建築說，看，顏色都舊了。

我來那會兒，還沒它呢。它現在都這麼老了。

千禧．勸學

我來到香港，在千禧年的尾聲。不算冷的冬日下午，黃昏的光鋪張下來，也有些暖意。下了車，走上了一條叫做「高街」的街道。這條街的陳舊出人意表，窄窄地從山道上蜿蜒下來。兩邊是陡峭的唐樓造成的峽谷，陽光走進來，也被囚禁了聲勢，成了淺淺的一條線。和南京的闊大街道相比，這條街的逼狹讓人有些許的不適。再讀了〈第二爐香〉，發現張愛玲寫到這條街，用了一個詞「崎嶇」，終於有些感歎，張的文字實在是老辣簡省。

與高街垂直的階梯，竟然也是一條街，叫做「興漢道」。咫尺之遙，分佈著幾家文具鋪和影印店。都是在做學生的生意，竟也十分的興旺。這興旺間，暗藏著潛在的競爭。有家叫做「藝美」的，做的是家庭生意。有論文訂裝的一條龍服務，婆婆管收錢，兒子和兒媳則是勞力。孫子是個戴眼鏡的小夥子，還在上學的年紀，負責些零雜的活計。一家人的神情都很勤勉。他們的競爭對手，是個壯年的男子，人稱「肥仔」，設備比他們先進些，店堂也整飭些。但都傳說他其實是個「無良商人」，所以在港大幾年，也並沒怎麼幫襯過他。這條路的盡頭，叫做般咸道。「般咸」是香港的第三任港督George Bonham的姓氏。香港的翻譯，因爲受了粵語的影響，減省而生僻，就如同將Beckham譯爲「碧咸」，Zidane譯成「施丹」，多少有些不著調。這道路是西區半山上的主道，曲折漫長，連接堅道和薄扶林道。坐落了許多的名校，像是「聖保羅書院」等等，環繞了香港大學，幾乎帶有一些預備役的性質。

港大在這條街的中段，可以看得見校門口的石牌坊，掩映在綠蔭裡面。和內地高校大門的氣派不同，這座老牌的殖民地大學，有些深山藏古寺的意思。底氣是內裡的，有孫中山、陳寅恪與朱光潛的過往，淵源便也不用多說。

從校門右手的車道上去，便是本部大樓，米色的巴洛克建築。有的是繁複的迴廊與凸起的鐘樓。地形不簡單，文學院辦公室在右手的位置，我去報到的時候，竟無端地繞了一個大圈。正門的地方，是陸佑堂，這是港大的禮堂。後來聽過的許多演講，都在這禮堂裡進行。到了學期末的時候，這裡便是全校學生high table（高桌會）的地方。港大的菁英教育，落實在細微處。到這一天，少年男女們便嚴格地要盛裝出席，煞有介事。這是一種鍛鍊，你要克服你天性的羞澀與膽怯，讓自己在人群中脫穎而出。所以，這禮堂又兼有Dancing Hall的功用。不過，晚近它的著名，卻是因借它拍了電影《色，戒》，作了王力宏和湯唯們演練愛國話劇的佈景。這電影在校園裡細水長流地挑選群眾演員，每每可以看到，幾個本校劇團的學生臉上都笑得很歡樂。那時候，我的學位論文正趕得如火如荼，從辦公室裡出來，疲憊地對他們望一眼，看出他們的歡樂也是加倍的。這禮堂，多少是有些凋落了。堂皇還是堂皇，老舊是骨子裡的，一百年的光陰，外面看不太出來，卻已蝕進了內心裡去。

如此看來，我在這所學校裡的五年，便真正是彈指一揮。細數下來，回憶還是不少。大多都是細節，比方校門近旁有一棵樹，孤零零地立著，葉子四季都是少的。這是一棵朴樹，我記得它，是因爲他和我喜歡的歌手，是同一個名字。而挨著研究生堂有一棵繁茂的細葉榕，三人合抱的粗大，後來卻被砍掉了。因爲它發達的根系，撼動了地基。砍掉以後，如同一張天然的圓桌。又比如，儀禮堂附近，有一叢竹子，上面出沒著一條蛇，傳說是某個香港名人的魂魄。很多古老的學校都有傳說，最盛的是一些鬼故事。港大的此類故事，格調多是淒美優雅的，又有些煙火氣，所以並不怕人。其實都是些不相干的事情，偏偏印象很深刻。這些印象，便夾在了教授們的眞知灼見與日常的連篇累牘中，被留存了下來。

港大建在山上，這山是太平山。小時候看過一齣劇，裡面主題歌中有一句「太平山下不太平，亂世風雲亂世情」，是因爲有港戰的背景。我在這山下的歲月，還算是很太平的。香港人有「行山」的傳統，太平山上有一條晨運徑。曾經晨昏顛倒的時候，也仍然看得見黃昏裡頭，有些人在山路上或走或跑。跑的多是些外國人，都大汗淋漓的，若是個白種人，膚色便變成淺紅色。還有一些菲傭，在山道上遛狗。那狗的毛色便在夕陽裡閃成了火紅。在山頂上，看到過一頭藏獒。並不見凶狠，眼神游離，沒什麼主張的樣子。山頂是好地方，可以眺望到全香港的景致，看得到長江實業，中銀大廈和IFC，所謂「中環價值」，盡收眼底。沒有霧的時候，也可以遙遙地望見青馬大橋。山頂上看港大，在盤桓的山道交錯間，就好像是島。

香港是一個島，這島上還有喧囂與速度。港大是這島上的另一個島，是眞正無車馬喧的清靜地。這裡面的人，便也有了島民的心態。心無旁騖，適合讀書作學問。在經歷了一年的熱鬧之後，也是在這島上，我無知覺間開始了寫作。

寫過一個年輕大學教授的浮生六記，叫〈無岸之河〉。後來又寫了一篇〈物質生活〉，大約是那時候的生活寫照。寫作之外，做的更多的事，似乎是看電影。看電影是寫作和作論文間的句讀，頻繁密集，卻似乎又無足輕重。港大圖書館，有很多的影碟。我便一邊看，一邊爲一個報紙寫電影專欄。寫電影終究不是很過癮的事。看完了奇士勞斯基、法斯賓達、大衛林區，終於被大島渚的殘酷任性搞壞了胃口，於是用希區考克的推理片系列作調劑。看完了一部《鳥》，影評寫完，意猶未盡，就又動筆寫了一篇叫做〈謎鴉〉的小說。

那以後，寫下去，卻多是關於自己家鄉的城市，南京。

癸未．人事

二〇〇三年，是世界的多事之秋。美國哥倫比亞號太空飛船在著陸前於德克薩斯州上空解體。機組人員共七人全部罹難。伊拉克危機造就有史以來最大的反戰示威活動。第一例SARS病例在越南河內出現，並在全球迅速蔓延。第三次海灣戰爭爆發。塞爾維亞共和國總理佐蘭・金吉奇（Zoran Djindjic）遭到暗殺。五十萬香港市民上街遊行，反對香港基本法第二十三條立法及要求實施雙普選。美國華盛頓州爆發狂牛症，澳大利亞、中國、巴西和日本等國宣佈禁止進口美國牛肉。伊朗發生強烈大地震，三萬人死亡，十萬多人無家可歸，二十多個國家向伊朗派出救援隊與物資援助。

那一年的春天，我拿到了碩士學位。

一月的時候，第一次應聘了一份工作。是一份consultant的職位，具體負責在港跨國企業管理層的語言培訓。

走進中銀大廈，將領帶緊了緊，信心也充分了些。面試的氣氛友好而矜持。印象深刻的是主考的中年韓國男人，說著流利的英文和溫婉的普通話。傾聽與點頭。除此之外，一切都很安靜，只有秘書在筆記電腦記錄時飛快的打字聲。也是溫存的，如同蠶食桑的聲響。

這次應聘最後以落敗告終。電話打來，依然是完美得體的抱歉，說希望將來與你有合作的機會。在意料之中，一個學位，或許並不比兩年的工作經驗更加有分量。這是香港的職場，用人唯用。不會有太多的時間給你去歷練與磨合。

二月的時候，在深圳的一間港資出版公司就職。

對我而言，這是新的城市。以前只是經過。它代表的只是羅湖口岸，是南京與香港間的某個過渡。

或許，深圳對於香港人而言，遠不及此。它終於成爲香港人消費聖地。朋友對我說，這個角色，曾經由泰國來扮演。金融風暴後，泰國一蹶不振。港人改弦易轍，開始親近祖國最臨近的城市。這裡在一九七九年的時候，還是荒涼的地方。因爲一位老人，躊躇滿志地畫了一個圈，由此改變了它的命運。

我想我是喜歡它的。大約因爲它的新與闊大。這些年在香港，看了太多逼仄而狹長的天空。這城市的闊大是與南京像的，然而，卻沒有南京的古舊與曲折。歷史於南京像是一道符咒。成敗一蕭何。走在中山大道上，體會了民國子午線的悠長與幽深。法桐葉子將陽光篩在你身上，卻也有一絲涼意。這涼意也是許多年積澱來的。深圳不同，輕裝上陣。每次上班的時候，車經過筆直的深南大道，兩旁是鱗次櫛比的高樓。頭上的天，卻還是遼闊的。沒有高大的樹，有一種稚嫩，卻也是初生牛犢式的。內裡卻是膽略，無顧忌。所謂「深圳速度」，或許也有代價，便是略微的魯莽，不太計較錯對。

這城市始終是年輕。地王，深交所，華強北商圈，都是年輕的身影。我從沒感覺到自己的年輕在一個城市會如此的恰如其分。

我開始了我半年的職業生涯。在最商業的地方做最文化的事情。做故宮藏品系列叢書，與字畫、印鑒與碑拓、明清家俬打交道。工作的過程，倒是心裡很沉靜。同事們，則都是藝術的人。因爲做的是出版行，沒有很多浮華氣。出版總監是昔日一個著名文學雜誌的編輯。說起她當年對阿城的欣賞，眞誠仍溢於言表。說到阿城文字的好，至今還記得她援引的〈峽谷〉中的例子，說那馬是「直」著腿走來。當時編輯部的人，都說這「直」用得頗爲蹊蹺，不是正常馬的所爲。唯獨她力排眾議，留下了這點文成金的一字。我短暫的出版生涯，因爲這總監的提護，增長了許多的見識。現在想來，是心存感念的。郝明義的理念與呂敬人的設計，也都是那個時候深入其心。多年後，當我自己出版書籍的時候，與編輯間溝通的無阻，也正是靠了那個時候的積累。

四月二日那天，天氣晴好。大巴上人頭湧動。突然有個女人的聲音尖利地響起。然後是她對同伴說，張國榮死了。似乎有很多雙眼睛向一處聚焦過來。這時候，WHO已經發動了SARS全球警報。所以這些眼睛的下方，都有一副口罩。掩藏著訝異的神情。女人的夥伴愣了一下，她的口罩上印著一張微笑的豐潤的唇。這便是無所不在的商業創意，讓SARS的陰影薄弱了一些。然而，這時候卻變得不合時宜。她聲音虛弱地說，開什麼玩笑，愚人節是昨天。所有的人都如釋重負，同時有些譴責地看著製造謠言的女人。女人將報紙遞給了同伴，說，是，眞的。我在這同伴身後看得很清楚，報紙標題濃重：「歌星張國榮於香港文華東方酒店跳樓自殺身亡。」很快，電臺印證了這個消息。有人間歇開始抽泣。

「哥哥」對於很多人來說，大約是時代的專屬名詞。他的歌，電影，演唱會，他的隱退，他的情事都潛移默化於許多人的生長。當他終於老去，便以最徹底的方式演繹了浮生若夢。只是，在這身影坍塌之後，所有人等不到了風再起時。

張國榮的故去，與年底另一個巨星的隕落遙相呼應。她是梅豔芳。許多人都記得他們共同寫下香港電影的一則傳奇《胭脂扣》。曾經風華絕代的十二少，耄耋老境下，與天人兩隔的如花重逢。是悲哀卻非悲情。幾乎在這慘澹的年裡成爲讖語。

乙酉．驛旅

這一年年頭。在朋友的慫恿下測過一個卦，然後算出的結果，我是「鯤」命。「鯤化為鵬」是要遠走的。命裡主水，又驛馬星動，所以，年內會要去有水的地方。

回想起在溫哥華的那一段。七月的陽光並不熾烈。因為J哥夫婦的緣故，沒有很多旅人的感覺。大約因為他們人太好，對我有如兄嫂。而又都是顧家的中國人，所以與他們相處的時光，竟無時沒有家庭的感覺。叮嚀是足夠的，於生活的細節，又是貼心到了令我對一向的疏忽感到慚愧的程度。

他們都是北京人，來加拿大前，J哥是一個官辦報紙的攝影記者。未到四十歲的年紀，頭髮已經半白。但眼睛裡卻有很多的童真。他給我看他以往拍的照片。拍攝的對象，多是名動一時的，卻又都是心地單純的人。所以，在他的鏡頭裡，可以看到的是楊憲益的羞澀，錢鍾書的爽朗，James A Mirrlees如同孩童一樣的笑容。在異國定居後，他是個自由職業的攝影師。這是工作，也是興趣。拍的更多是平凡人。家庭的細節、婚禮的瞬間、社團巡迴遊行的旗幟。更多是孩子。各種各樣的臉，精靈的、歡樂的、哀傷的，都是眞實的。也有一張黑白的照片，放在他的個人網站的顯著的位置。是個神情寧靜的青年女子，有著飽滿的額頭和豐盛的捲髮。那是他的太太，輝姊。

輝姊是倫敦大學政經學院的工商管理碩士。畢業以後與夫君移居加國，作了全職太太。見到她的時候，她剛剛讀完了一個西點製作培訓課程。所以在以下的每個清晨裡，我可以不重樣地飽口福。輝姊雖是商科出身，卻是藝術家的性情，做事要完美的那種。會在大早的時候，開車去很遠的市場，購買材料。只爲了曲奇餅上的藍莓保持新鮮水透。下午的時候，家裡便洋溢著全麥麵包的香氣。輝姊神態安靜地攪拌起士，一邊和我談她對小說的見解。都是日常的，並非是文學的觀念，內裡卻有很地道的眞知灼見，讓人歎然。

這兩夫婦千禧年移居海外，也經過艱苦的歲月。如今買下了Watling Street這處臨街的房子，窗外種滿了冬青與繡球花，將它佈置成想要的樣子。週末的時候，請了印度裔的工人上門，在後院搭建涼臺。有個工人很年輕，在加拿大是木工的世家出身。小夥子薩米其實在ＵＢＣ學建築，卻對祖業也很有興趣，所以放假出來打暑期工。雖是暑期工，做事卻是專業的態度。穿著背心和耐磨的工作褲，戴著耳機。是心不在焉的打扮，動作卻是實在的一板一眼。Ｊ哥與我也在旁邊幫手，兩天下來，已經完工。輝姊烤了貓舌餅，同請了薩米喝下午茶。午後的陽光照在草坪新生的嫩芽上，彼此都覺得是難得的好時光。薩米說他的家人、女友，說他們的老家旁遮普省。這城市的印度人大多來自這個省份。溫哥華的支柱產業是旅遊飲食業和木材加工。前者是華人的擅場，後者則是印度人展身手的行業。在東區與華人兩分天下，簡直蔚爲大觀。

走在伯納比的街道上，可以時時聽到國語。就連大巴上的白人司機也會用俏皮的口氣說上一兩句廣東話，「唔該」什麼的。煤氣鎮上的中國城，什麼地道的中國食物都吃得到，所以，幾乎沒有異鄉之感。我自己一個人跑去ＵＢＣ查找研究資料，順便看看人類學博物館。路途遙遠，覺得沿途的景致幾乎代表了種族文化的嬗變。如此井然成群，難怪溫哥華被稱爲是「街坊城市」。當然，也並非所有的景致都賞心悅目。在靠近市中心的Carnegie Centre區，看得見一些眼神散亂的人，在與你擦肩而過的時候，甚至涕淚交流。這是一些吸毒者。

政府出於安定的初衷與好心，以合法的途徑，聯邦毒品法令的豁免，爲這些人設置了「毒品注射屋」（Insite），以解決他們的一時之需。但是，卻同時激起了反對的聲音，認爲這是某種「農夫與蛇」的善意，變相造成了姑息。

UBC很美，因爲臨海，還有清澈的陽光。這間老牌的名校，並沒有一絲老氣。年輕小夥子們踏著滑板上課。教授看見了也是遠遠地吹一聲口哨。

八月的時候，走訪了加東另一所大學。多倫多大學，也臨水，卻是五大湖區。UT與UBC相比，多少是帶著古意的。維多利亞風格的建築上佈滿了爬山虎，令我想起母校南大北大樓的景觀。校園臨近Queen's Park，在鬧世裡是一處寧靜幽深的地方。有鴿和松鼠，都並不怕人。旁邊有安大略皇家博物館。除了大英博物館的遠東館以外。這裡的亞洲藏品，算是極豐富的。看到一尊隋唐木造像，面目和平，造型溫潤細膩，就小節來看，亦是上品。在這間展館，也幸會了南加州大學的教授查理斯。查教授對東方藝術素具好感，於雕塑與壁畫尤有研究，曾隻身去雲崗與敦煌遊歷。說起敦煌藝術的精絕與損壞的慘烈，頗爲悵惋。他說，人都是太想佔有，其實觀賞也是擁有。他用了cherish這個詞，是很誠懇的表達。說到雕塑，我向他提及亨利・摩爾。在現代藝術裡，他的作品是我的大愛。他便興奮地對我說，那麼他一定要陪同我去AGO，也就是安大略美術館。那裡館藏的摩爾的作品，是最得稱道的。我一時有些驚異，一邊覺得太巧，一邊又有些怪自己沒做好功課。接受了查教授的盛情，我們乘地鐵到St. Patrick站，沿Dundas St. 往西走。沒什麼懸念，門口的青銅雕塑一眼看去便是摩爾的風格。其實，這館裡也藏有馬蒂斯、安迪沃荷、喬凡尼、林布蘭的作品，甚至也有數幅梵谷和畢卡索等的名作。但或許是摩爾在這裡聲名太盛，其他卻都少人提及了。

離開了多倫多，歷經京士頓、渥太華，和法語區的魁北克。在蒙特婁的下城，有一些奇遇。也因此結識了來自洛杉磯的Aunty Ann，新加坡的May和Andy。或許華人本身有著某種本原的親近，萍水相逢成了十分好的朋友。經驗與差異，都成了互補與可資回味的東西。臨別的前一晚，在一間叫Paris Grill的餐廳。我們飲杯之下，都有些不捨。幾年後，Andy與May發來結婚照。Aunty Ann帶了年近八十的母親來香港尋根。又幾年後，我接到了來自Ann從美國打來的電話，她聽到我的聲音，舒了口氣。然後問起內地震災的事情，說不知道南京會不會有事。她希望主會保佑我的家庭。都是非常樸素的話，卻讓我熱淚盈眶。

戊子．水起

我生長的城市，的確有大水所現，是長江。不過我們家住在市中心，看不到。後來讀大學時候，分部在江北。每個星期乘巴士往返，總要經過長江大橋。這橋下，自然就是滾滾的江水，薑黃色的。有些船隻遊弋來往。初見心裡很有些澎湃，為了每個星期都能將這江水看一看，不辭長做江北人。見多了，也有些倦。有霧的時候，水天便都是朦朧朧的一片，連橋頭堡上的工農兵雕塑，都只剩下一個輪廓，這時候情緒也變得空落落了。

其實，南京還有另一條河。因為在城裡，和南京人日見夜見，水靜風停。因為歷史，又因有一些浮靡的風雅，這河其實與人們更親近些，關乎它的日常與閨秀氣。昔日有人論蘇學士和柳永的詞，說是關東大漢和十七八女郎之別。長江若與這條河一比，也同樣適用。後者讓人愛，卻是起不了敬畏心的。有朱姓和俞姓的老派文人，作過同題作文〈槳聲燈影裡的秦淮河〉。外人讀了都是極嚮往。燈影和歌娘，好像都是大半個世紀前的風致，如今在這河上又復興了。上一次回家，路過這條河，看見又多了許多的花船。穿紅著綠的本地人，載著金髮碧眼的國際友人，神色都是怡然的。水是清澈得多了。九十年代初，河道污染成了這城市的公憤。如今乾淨了，回來了。回不來的，是有關這河的記憶。小時候，元宵節的燈會，河岸上奇芳閣的清眞點心。奇芳閣還在，卻如同別家的老字號，經營得舉步維艱。將樓下，也已經租給麥當勞了。

來到香港，還有水，這回卻鹹下去，是海水。本地的朋友要帶我去看的，先就是維港。其實不像海，窄窄的一灣，水聲卻不小。當日有闊大的郵輪施施然地開過來，不記得是不是雙子星號，在這水裡是大而無當。那時候，IFC還沒建起來，從尖沙咀望過去，中環的景物則有些似是而非，一錯眼，倒覺得是站在外灘上看浦東。可隔著的，究竟是海。

海和海，自然是不一樣的。舊年的國際作家工作坊，主題是海洋文學，來了七八位訪問作家。其中兩個中文作家。一位是內地的鄧剛，一位是台灣的廖鴻基，都是寫海寫得極好的前輩。鄧剛是山東大漢，魁梧的身形，聲音也雄壯。寫的海也洶湧得很，是人要搏鬥的對象，關乎生存的所在。人叫「海碰子」。

在這鏗鏘碰撞中，人也越發堅強起來。廖鴻基也寫海，海也是遼闊的，卻是浪漫的背景。廖老師斯斯文文，是自稱「海神信使」的討海人，半生致力於鯨豚的生態調查與保護工作。他給我們看了許多照片，都是他拍的海。墨藍深幽，是奇幻的色彩。又播了一張CD，有蒼涼遙遠的動物叫聲。廖老師溫柔一笑，說，是鯨魚的情歌。

在這城市生活了很多年，對這裡的海，終於也有了感情。這感情，是滲透積聚起的，如同漲潮時的海水，慢慢蔓延到岸上，一點一點地，當你突然發現漫上了你的腳背，已過去許多時日，是無知覺後的猛醒。除去初到香港時的浮光掠影，這積聚大約由西環開始，與寂寞與思鄉相關。有一段時間，住在山道上，夜裡無法安睡。索性就起身出門，沿著水街往下走，一直走到山下有燈光的地方，是西區運動場。在那裡認識了一群朋友，其中一個，還帶了他的狗，是一條鮑馬龍史蒂夫。這些朋友凌晨收工，就到這裡打打籃球，熱鬧地聊天。性情都是歡樂的調子。他們和我交談，用或好或壞的普通話，間或教我幾句廣東話。有人突然揭露其中某句俗語是粗口，要教壞後生仔。被譴責的人便激烈地笑，掩飾自己的不過意。那狗也是歡快的，自己一個，兀自圍繞球場奔跑，追逐滾動的球，是自得其樂。後來，我寫成了一篇小說，紀念這短暫的交情。被圈住的運動場外，便是海。這海在夜色中泛起凜凜的光，被鐵絲網分割成了光斑。遠處望過去，有一些浮航與機船的影。附近是一個碼頭，也是這些朋友做工的地方。後來我白天去看過，整齊地排列著桔色和藍色的集裝箱。近旁堆疊了輪胎與汽油桶。顏色暗淡的小輪上，伸出左右擺動的鐵吊。「哐」的一聲，是貨物沉重的下落。臨岸的海，顏色也是暗淡的，有淺淺的機油的繽紛痕跡，閃爍不定。悠遠的汽笛響起，這海水便波動一下，呼應了航船的離去與歸來。這是勞動的海。

乘坐天星小輪，往返維港兩岸，漸成熟悉的經歷。在香港開埠的時候，這港曾經是廣闊的，填海取地改變了天然的海岸線，造就了港內的風浪。七十年代的時候，筲箕灣的碼頭，還會有人在岸邊游泳。如今的水質與激流，已令人卻步。維港的美色，已無關海港本身。

還可說的，是香港的島嶼。不知道從哪一天，開始熱衷於對離島的探訪。島如同海水的座標，香港周邊的島嶼，竟然有二百六十多個。而成爲規模的，在地圖上看得見南至西南的離島區，有二十多個島。除了新機場所在的大嶼山，最著名的約莫是南丫島。這是香港的第三大島，以前叫做「博寮洲」。因爲形狀像漢字的「丫」字，就改了這麼個土名字。南丫島其實一點也不土，幾乎稱得上是個小歐洲，有「鬼佬天堂」之稱。九〇年，香港電燈有限公司在島西北鳳梨咀塡海建立南丫發電廠，外籍的工程師聚居榕樹灣一帶，改了區內的風水。漸出現了西式茶座、餐廳，卻也攙雜了中國的風情。這島並不怎麼純粹了，中國人多半是老的。早在七十年代的時候，很多年輕島民已搬到香港謀生，南丫島遵循著現代鄉土發展的規律，留守了年長的一輩。當年出來的年輕人，最有名的大約就是周潤發。這樣的人，長洲也出了一個，滑浪風帆之后李麗珊。她為香港拿了奧運金牌，是久前的事。後來卻因爲一部《麥兜故事》，名及兩岸，幾乎成了香港精神的代名詞。平心而論，我是更喜歡長洲的。大約因爲那裡的具體而微，是個小鎭成一統的感覺。有自己的消防局、警署和醫院，似乎全都縮減了一號。一個面色黧黑的巡警開著摩托車，從你身邊擦身而過。十幾分鐘後，駐足在海鮮攤抬頭看風乾的氣鼓魚（河魨），他的身影又映照在魚缸的玻璃上，因爲已經環島繞了一圈。來長洲，自然是要吃海鮮的。這裡的海鮮，號稱「一口價」，味道大同小異，大多是椒鹽瀨尿蝦、蒜茸扇貝和避風港炒蟹。這些舖頭，主要開在海傍路上。大新街有間叫「阿信」的，我們幫襯過，很不錯。老闆是和善的人，島上的原住民。據說以前在酒店作過主廚，現在是解甲歸田，回到無車馬喧的故土。他拿手的是一道「蒜香美國蠔」，見功力的菜式，黃燦燦的，味道十分鮮甜。這島上除了海鮮，吃的口味可稱之繁雜。日本菜，義大利菜，馬來菜，不一而足。也有老字號，是四十多年歷史的「張記魚蛋粉麵」，試過一回，名不虛傳。另有一間甜品店，在大興堤路上，名曰「天然」，招牌是「雪凍豆腐花」，「雪凍」即是朱古力包著雲尼拿（香草）雪糕，口感鬆軟，卻十分有咬頭。

越過人多的地方，經北帝廟不遠，便能看見大片的海。東灣海灘，海非常好，稱得上是水清沙幼。周圍零落地散著一些度假屋。設施都很簡陋，其中有處叫「東堤小築」的，生意尤爲清淡，卻很著名。原因是歷來有鬧鬼的傳說，神乎其神。又因「九七」前後，有些人陸續在此地燒炭自殺，更無疑是雪上加霜。此後簡直一蹶不振。曾經和不信邪的朋友約在這兒打牌，大中午的，房間裡直有陰森之感，聽得見天花板上有寥落的人聲。終於在黃昏前離開了。鬼說到底，於這世界上，其實是許多無奈情緒的集合。後來寫了篇小說〈龍舟〉，說的便是一隻無奈的鬼。

這島上最著名的鬼魂，叫做「張保仔」，是清朝嘉慶年間的一個海盜，勢力很大。據說也落魄過，被朝廷趕得東躲西藏，最後躲到長洲西灣崖邊的一個山洞裡來了。也就成就了本地的一個景點，叫做「張保仔洞」，傳言也是他藏匿寶藏的地方。這洞我看過，甚至還進去過。極其逼狹，張姓海盜應該是個短小的身形。洞內光線很暗，便有個年輕人，在洞口租借手電筒，也是生財有道。

島上一年一度的盛事，叫做「太平清醮」。所謂「醮」，是道教一個傳統儀式，也是民間風俗。用意是酬謝神恩、祈求國泰民安，又以從事漁農的人最爲看重。「醮」是有功能性的，慶祝寺廟或其他建築物落成的「慶成醮」；祭拜瘟神的叫「瘟醮」；也有爲神明祝壽的「神誕醮」和佛教盂蘭盆會合爲一的「中元醮」。香港打醮大多以太平清醮爲名，時間在每年的農曆四月。三天醮期，全島戒殺禁葷，島上居民及遊客一同茹素吃齋，就連麥當勞也只有素包供應。打醮時，有一個風俗，叫做「搶包山」，所以，長洲的「太平清醮」也叫「包山節」。我去看過一回，眞是滿目琳琅，以「飄色」巡遊爲盛，大多是模仿歷史人物，又或者是取材於戲文。可竟也有與時俱進的元素，看得見社會名流，甚至政壇人物的身影。那回就有「乒乓孖寶」現身，還有當年成爲政治熱點的兩位阿太——葉劉淑儀與陳方安生，「阿姊」汪明荃作爲香港兩會代表而受矚目。雖是傳統的節目，卻看得到港人近來的熱衷。

「搶包山」是「太平清醮」節目的壓軸，也是高潮。這傳統可謂源遠流長，在十八世紀的清朝，就已經有了。包山有三座，用竹條建起支架，在會場道壇旁豎立起來。山上有密密麻麻的包子，這包子是被道士作過法的。這些被祝福的包子叫做「平安包」。所以「搶包」的時候，誰摘得越多，福氣就越大。

不過，大約在七十年代末，有一次「太平清醮」。參加「搶包」的勇士可談不上有福氣。興許是人太多，那一次，一座包山不勝重荷塌了下來，將近三十個人受了傷。香港政府出於安全的考慮，禁止了這項傳統活動。一禁便是二十六年。

重新恢復的時候，已年過千禧。我看到的那次，包山已經作了很多大的改良，面目整齊莊嚴，用鋼筋作了內部的支撐。包山上的包子也控制了數量，每座上有六千個。且都是塑膠製成的假包子，據說是爲了環保。搶包的人呢，在比賽前還要接受香港攀山總會的訓練。整個過程，熱鬧還是熱鬧，激烈還是激烈。可總感覺少了點什麼。

長洲這樣的島，是人味兒很重的。香港更多的島是一些偏遠的，散落在海裡頭，終年也有些寂寞。我去過最遠的，叫東平洲。在香港的最東北的大鵬灣。在島上的時候，手機突然接到了大陸的信號。原來已經靠深圳很近，對面便是大鵬半島了。只是中間隔了一道海水。

己丑·室家

現在住的地方，若用地產仲介的口氣，便說是「旺中帶靜」的。這街的形狀，是一個長長的弧形，好像一枚新月。街道兩邊是一些有了年歲的樓宇。靜的確是靜的，其實鬧市並不遠。因爲這街的形狀，自成一統，便滌清了外界的許多聲響。或許也是因爲老舊，最初並不打算長居。因爲家中曾經的變故，租住這裡，是爲了能在中午趕回家來，陪母親吃飯。後來竟就住了下來，一住就是幾年。一則是因爲房東人實在是很好。房東葉老先生，是上海人。據說當年出租的時候，他有自己的挑剔。但因爲聽說我是南京來的，引爲老鄉，竟然很爽快地答應下來。葉先生是五十年代來港創業的工廠主，時當壯年，現在說廣東話也還帶了濃濃的鄉音。當時香港的大環境和後來的經濟起飛尚有距離，所以，艱苦的日子也是經過了的。第一次的置業，便是在這裡買下了幾個單位。自己住過紅磡、灣仔。老了，就搬回了這裡。大約也是好靜，又見得到老街坊吧。葉先生喜烹飪，興起，會燒一些地道的本幫菜，送過來給我分享。又喜歡京劇，有很多的京戲的影碟。有時候聽得見隔壁的聲響，最多的是《法門寺》。這齣我不陌生。大約因爲外公也喜歡。有一次他還特來邀我和他一起聽。是一齣《空城計》。他說他其實最喜歡的，是馬連良和周信芳。談起來，竟也知道年輕得多的于魁智。便又感歎，他來香港的時候，于還未出生呢，現在居然就在大陸當紅了。說完後，自己去了裡屋翻了半天，翻出一把京胡，沾滿了塵土。他一面擦灰，一面說這京胡跟他來了香港，也老了。原先弦是上好的馬鬃，斷了，在這裡竟再也配不上。現在勉勉強強裝上了鋼絲，只有湊合地聽了。說完就拉起一曲《大登殿》，聲音有些尖利，但力道卻是足的。在這伊伊呀呀裡，窗外暮色也低沉下去。我便有些愛這條街了。

回憶起來，在香港也遷居了多次。早前在港島的西區，第一個住處，在山道上，四周的風物似乎是讓人喜愛的。早上推開窗子，遙遙地能北望到海和濃重的晨霧。下了樓，看得見有許多彎折的小道。傍晚的時候，和緩的風也是山上來的。夕陽的光線從法國梧桐的葉子裡篩下來，落到地上是星星點點。間或又吹下一兩朵洋紫荊或者合歡，便是這光斑中的一兩點錦簇。景全是小景，因和日常相關，也更入眼入心。

這些小道，都不起眼，其實是西區的血脈，內在有嚴整的秩序。街邊琳琅的小鋪，都是因地制宜，見縫插針。名號卻時常分外地大，比方說「貝多芬琴行」、「劉海粟畫院」，通常卻不過十米見方，大約也是香港寸土寸金的明證。

靠著正街，是很陡峭的一條街，從般咸道落下，站在上方，目光直上直下，可一直通向德輔道。整條街都是石板鋪築的階梯，密集集地下落，幾乎有點壯觀的意思。這裡是很多香港電影取景的地方。我常去的是靠近山腳下的一爿舊書店，叫做「平記」。終年是一盞泛了藍的日光燈，瓦數很小，並且閃爍不定。倚牆擺了幾個通天大書架，生鐵或是木的，裡面有很多漫畫，因爲有些是限量版，待價而沽。香港有數不清的漫畫收藏迷，眞的有肯爲一本七十年代出版的《龍虎門》出上好幾舊水的（香港白話稱壹佰元港幣爲「一舊水」）。這個書店卻專有一個中文書架，間歇讓人有意想不到的收穫。在這書架上，我淘到過天地初版鍾曉陽的《流年》，聯文版的《喜福會》，王瑤先生的《中國新文學史綱》，甚至有一本五十年代出版的豐子愷《繪畫魯迅小說》，品相十分的好。後來這間店，大約也關了門。

山腳的德輔道是電車道。這也算是香港的一道景致，一九〇四年開通迄今，也竟有一百多年了，緩緩來往於港島北的堅尼地城至筲箕灣，還在做著實際的用途。這車在香港人的口中又叫做「叮叮」，是它行動時的聲響。響起來，大約就是張愛玲說的「市聲」。可電車聲在上海卻是聽不見了。這車是談不上效率可言的，所以車上除了觀光客，便是些師奶與孩童，一律都是怡然的神情。沿著海，「叮叮噹噹」地駛過上環，再進入中環、金鐘。「中環速度」也便在這聲音裡不情不願地慢下來了。搭乘這車，會聞見濃郁的海味，這是海產街上的氣味，來自魚翅、海參、花膠與其他乾貨。繞過梅芳街上了荷里活道，便有了另一番天地。

這條道路Hollywood Road的起源，是因早年種植在路旁的冬青樹名，又有一說holly其實是一種榕樹。無論如何，也是早於美國「荷里活」的產生。曾經陪一個朋友，是王家衛的粉絲，專程來這裡朝拜《重慶森林》裡梁朝偉的住處。只是行人電梯附近很普通的中式唐樓。朋友不免失望，說相見不如懷念。這條街的聲名，其實叫做古董街。錯落著幾十間極小的舖頭。風格則一律是清幽的，又有煙火氣，有點像南京的朝天宮，又整飭一些。沒事的時候，我倒喜歡在這裡逛一逛。東西多半是Chineseness，中國風，濃到化不開的。卷軸，陶瓷，漆器，都老舊得很。曾經看到一只紫檀木的明式小圈椅，手掌大小，細節入微，讓人愛不忍釋，價格亦甚爲可觀。倒是友人新婚，在這裡買了兩隻葫蘆，說是放在房間裡作辟邪之用。葫蘆上烙著一個人形，問起來，說是龍門派的王常月。這一派由邱處機所創，後來式微，到了王再復興，已隔了幾個世紀。若論避邪的功力，恐怕也減去幾成了。

年輕的也是有的，但依然是老調子。在這街道的拐角處，坐落著一間「住好啲」（G.O.D）。本土設計師楊志超造出了生活的又一重海市蜃樓。老舊的印花布底褲，六十年代的鐵皮水壺，發黃新聞紙圖案的布藝躺椅，讓人恍若隔世。卻是二十一世紀新新人類的心頭好。拐角裡擺著本土的藝術雜誌和《誠品好讀》。每次去，總要翻上一翻。也就忍不住買上一兩件東西，因爲它們擺在那裡恰如其分得如此悅目。但買回去，回在自己的住處，卻成了零餘品。別看這表面灰厚的風格，卻有著鋒利的構思。這間家用品店被警方前後檢控過兩次，一次〇四年時候推出「Delay no more」字樣的產品，因爲和粵語的粗口諧音，犯了眾怒。一次是〇七年，因爲檢獲印有「拾肆K」字樣的襯衣及明信片，涉嫌有關三合會社團十四K，是成心要和社會不和諧。

和諧的也是有的。到了中環皇后大道中，幾間老字號，各據一方，各安其是。士丹利街的陸羽茶室，黑色的老吊扇，仍然緩慢地旋轉。將時間轉慢了，將香港人的心也轉慢了。咬上一口蚧黃灌湯餃，喝上一口普洱，便不知歸去。世人都說神仙好，惟有「蓮香」忘不了。慕名來的，先都失望，都說破落。待吃上一口貴妃雞，便都說來對了。來對了，便再要來，卻見它越發破落了。再看威靈頓街上，「鏞記」的排場是大的。朋友來香港，點名要吃這一家。例牌是燒鵝，好吃的卻是順德三寶，清水牛腩。

這裡靠德己立街已經很近了，窄窄的一條彎道，就進了蘭桂坊。於我而言，這實在是個應景的地方，如果不是新年倒數，如果不是鬱悶太甚，平日對洶湧的人潮避之不及。鬼佬、中產、貓三貓四，出出沒沒。倒是也有好地方。有一間極安靜的酒吧叫Milk。或許也是生意不好，居然在熱鬧裡滲出清冷來。一個面目嚴肅的菲律賓歌手唱著Love me tender。歌聲也是清冷的。

後來，終於從山道上搬了，搬進了規整的校園區。忙於研究與論文，這些地方便也很少去。去得少了，心思便也淡了。後來就像是沒了癮。先是在研究生堂住，前見海，後見山，是極其好的清靜地。在這裡，我開始寫我的長篇小說《朱雀》，也是恰逢其時。此後搬到叫做STARR的校舍。樓層住得很高，也面海，竟可以看到駐港部隊的空軍演習。對面是何東夫人堂，男學生經常情不自禁地望過去，是間女生舍堂。我看到時，早已翻了新。舊時的格局是可笑的貴族風，房內兩張床，一張是女學生的，一張是給隨行的女傭。後來終究要拆，拆之前也依戀。張婉婷便說，那好，我來拍一齣戲。便是《玻璃之城》。都說舒淇將港大女生演繹得唯妙唯肖。敗筆是黎明，港大的男孩子，可沒有這樣老實頭的。

這些男孩子們，精力都旺盛得很。平日再跋扈的，卻也要作舍堂文化的螺絲釘。半夜裡，聽到敲門聲。然後是怯怯的聲音，央你喝一口他們煲的「樓湯」。你喝了一碗，便是欣喜得連聲道謝，反讓我不好意思。我是這層裡唯一的研究生，是受禮遇的。不受約束的還有一個是非裔交流學者，據說來自劍橋。還保留著鄉風，最喜裸著身體穿過走廊，走進洗澡間。邊洗澡邊大聲地歌唱，唱的也是鄉音鄉調。浪裡黑條，有嘩嘩的水聲，若是和上非洲鼓，便是現場的民俗風情秀。聽多了，便不再意外。後來他走了，整個樓層，便無可挽回地寂寥下來。

再後來，也曾在東區的海濱小住。所以看到的海，多半是那裡的。時常帶了小狗去游水，牠愛海水的程度，簡直如同半尾魚。

黃昏時候，市區中心的海岸，看得見依岸而泊的小艇。艇上是各色剛剛捕撈上來的海鮮。海蜊、生蠔、象拔蚌和紅杉魚，都整整齊齊地擱在桶裡。船娘捲起褲管站在船上，微笑地看著你，等著你挑揀。臉上是海水在餘暉照耀下的光影。遠處海天一色，交匯處有火紅燃燒的雲在流動，很美。

大約有家的感覺的，還是現在的住處。和日常相關，每天下了班，回來了，便是這個地方，彷彿一個若有若無的盼頭。然而去年的時候，葉老先生去世了。高壽九十二。隔壁的單位，便空了許久。過年的時候，搬進來兩個年輕人，據說是先生的侄孫夫婦。面貌都很和氣。男的戴著眼鏡，斯文地笑。女的幹練些，搬家的時候，似乎獨當一面。二人形容勤勉簡潔，是典型的香港人的樣子。週末的清晨，隱約響起的是容祖兒和鄭秀文的歌聲。京胡和《法門寺》的唱段，是再也聽不見了。

庚寅年於香港

INK PUBLISHING 文學叢書 294

戲年

作　者	葛　亮
總編輯	初安民
責任編輯	施淑清
美術編輯	林麗華
校　對	施淑清　葛　亮
發行人	張書銘
出　版	INK印刻文學生活雜誌出版有限公司 新北市中和區中正路800號13樓之3 電話：02-22281626 傳眞：02-22281598 e-mail：ink.book@msa.hinet.net
網　址	舒讀網http：//www.sudu.cc
法律顧問	漢廷法律事務所 劉大正律師
總代理	成陽出版股份有限公司 電話：03-2717085（代表號） 傳眞：03-3556521
郵政劃撥	19000691　成陽出版股份有限公司
印　刷	海王印刷事業股份有限公司
出版日期	2011年7月　初版
ISBN	978-986-6135-39-2

定　價　240元

國家圖書館出版品預行編目資料

戲年 / 葛亮 著；
--初版, --新北市中和區：INK印刻文學，
2011.07　面；　公分.（文學叢書；294）
ISBN　978-986-6135-39-2 (平裝)

857.63　　100011865